LE MASQUE
Collection de romans d'aventures
créée par
ALBERT PIGASSE

ÉTRANGE CRÉATURE

Née à Londres en 1930, Ruth Rendell est d'abord journaliste, puis publie son premier roman, *Reviens-moi,* en 1964. Elle est aujourd'hui un des plus grands auteurs de romans policiers, à mi-chemin entre Agatha Christie et Patricia Highsmith.

Elle a obtenu un Edgar pour *Ces choses-là ne se font pas,* le Prix du meilleur roman policier anglais avec *Meurtre indexé* en 1975, le National Book Award en 1980 pour *Le Lac des Ténèbres,* et le Prix de la Crime Writers Association pour *L'Enveloppe mauve* en 1976. En France, elle a obtenu le Prix du Roman d'Aventures en 1982 pour *Le Maître de la lande.*

Personne mieux qu'elle ne pouvait être qualifiée pour inaugurer notre nouvelle série *Les reines du crime.*

DU MÊME AUTEUR

DANS LE MASQUE :

QUI A TUÉ CHARLIE HATTON ?
FANTASMES
LE PASTEUR DÉTECTIVE
L'ANALPHABÈTE
L'ENVELOPPE MAUVE
CES CHOSES-LÀ NE SE FONT PAS
ÉTRANGE CRÉATURE
LE PETIT ÉTÉ DE LA SAINT-LUKE
REVIENS-MOI
LA BANQUE FERME À MIDI
UN AMOUR IMPORTUN
LE LAC DES TÉNÈBRES
L'INSPECTEUR WEXFORD
LE MAÎTRE DE LA LANDE
(Prix du Roman d'Aventures 1982)
LA FILLE QUI VENAIT DE LOIN
LA FIÈVRE DANS LE SANG
SON ÂME AU DIABLE
MORTS CROISÉES
UNE FILLE DANS UN CAVEAU
ET TOUT ÇA EN FAMILLE...
LES CORBEAUX ENTRE EUX

DANS LE CLUB DES MASQUES :

QUI A TUÉ CHARLIE HATTON ?
L'ANALPHABÈTE
LA DANSE DE SALOMÉ
MEURTRE INDEXÉ
LA POLICE CONDUIT LE DEUIL
LA MAISON DE LA MORT
LE PETIT ÉTÉ DE LA SAINT-LUKE
L'ENVELOPPE MAUVE

Ruth Rendell

ÉTRANGE CRÉATURE

Traduit de l'anglais par Marie-Louise Navarro

Librairie des Champs-Élysées

Ce roman a paru sous le titre original :

A SLEEPING LIFE

CHAPITRE PREMIER

Pour une fois, il rentrait de bonne heure. Peut-être allait-il pouvoir revenir régulièrement chez lui plus tôt maintenant que le mois d'août était là. C'était la morte saison. Comme tout le monde, les criminels prenaient leurs vacances en août. Tandis qu'il abordait le dernier virage, Wexford se rappela que ses petits-fils seraient à la maison. Parfait. Il ferait encore jour pendant trois bonnes heures et il emmènerait Robin et Ben jusqu'à la rivière. Depuis que sa mère lui avait lu *The Wind in the Willows,* Robin parlait sans cesse de la rivière et son plus grand désir était de voir nager un rat d'eau.

La voiture de Sylvia était garée devant la maison. Bizarre! Il croyait que Dora garderait les enfants l'après-midi et qu'ils resteraient coucher le soir. Comme il rangeait sa voiture à côté de celle de sa fille, elle sortit de la maison en courant, Ben en larmes dans les bras. Le petit Robin, âgé de six ans, trottait sur ses talons. Il se jeta au cou de son grand-père :

— Tu as promis de nous montrer un rat d'eau!

— La promesse tient toujours en ce qui me concerne et à condition qu'il veuille bien faire une apparition. Je pensais que vous restiez avec nous ce soir.

Sylvia avait le visage rouge de colère, ou peut-être était-ce la chaleur?

— Non, ils ne restent pas. Grâce à mon cher mari!

Nous ne sortons plus, même s'il se trouve que c'est notre anniversaire de mariage! Vas-tu te taire, Ben? En fait de sortie, il ramène un client pour dîner et, naturellement, c'est moi qui dois préparer le repas et m'occuper des enfants, comme d'habitude!

— Laisse-les ici, qu'est-ce qui t'empêche?

— Oh! oui, restons! cria Robin.

— Il n'en est pas question. Pourquoi les encourages-tu, Papa? Je les ramène à la maison afin que Neil ait le plaisir de les mettre au lit lui-même, pour changer!

Elle fit grimper les deux bambins dans la voiture et démarra en trombe. Les vitres de la voiture étaient ouvertes et les pleurs des enfants — car Robin s'était mis à faire chorus avec son frère — couvraient le bruit du moteur.

Wexford haussa les épaules et entra dans la maison. Il devait s'être passé quelque chose, mais il connaissait trop sa femme pour penser qu'elle pourrait s'en émouvoir. Selon son attente, elle était assise placidement au salon et regardait la fin d'un programme pour enfants à la télévision. De nombreux livres avaient été retirés des étagères et sur une pile était juché un ours en peluche.

— Quelle mouche a piqué Sylvia?

— Le M.L.F., autrement dit le Mouvement de Libération de la Femme, répondit Dora Wexford. Si Neil veut amener un client à la maison, il doit faire le ménage, préparer le dîner et mettre le couvert. Elle n'a ramené les enfants que dans le dessein d'obliger son mari à les mettre au lit. Et elle va s'arranger pour les secouer tout le long du trajet pour être certaine qu'il aura du fil à retordre.

— Seigneur! J'avais toujours cru que Sylvia était une femme équilibrée!

— Sur ce sujet, elle perd vraiment la tête. Cela dure depuis des mois. Vous autres, hommes êtes les maîtres. Les pauvres femmes sont des esclaves.

— Pourquoi ne m'as-tu jamais parlé de rien?

Dora éteignit le poste de télévision.

— Tu étais occupé. Tu n'avais pas besoin d'être ennuyé avec toutes ces sottises en rentrant à la maison. J'entends la même chanson tous les jours.

Wexford fronça les sourcils :

— A-t-elle des raisons de se plaindre?

— Tout n'est pas entièrement faux, bien entendu. Les hommes ont encore la partie belle dans notre société. Je comprends qu'elle n'aime pas être cantonnée à la maison avec les enfants, gâchant sa vie, comme elle dit, à des tâches ménagères pendant que Neil réussit de mieux en mieux dans sa carrière et y trouve un épanouissement certain. Bien sûr, il est dur pour elle, quand elle a des invités, d'entendre les hommes discuter architecture pendant qu'elle en est réduite à échanger des recettes de cuisine avec les autres femmes.

Son mari la regarda avec stupéfaction.

— Est-ce que tu éprouves le même ressentiment?

— Ne t'inquiète pas, dit Dora en riant, oublions notre enfant gâtée. Tu es rentré si tôt que nous pourrions faire un tour après dîner si cela te tente?

— Avec joie. Il hésita avant de demander : leur ménage n'est pas menacé, j'espère? J'ai toujours pensé qu'ils étaient heureux.

— Je suppose que cela passera. Tout ce que nous pourrions tenter ne ferait qu'aggraver la situation.

— Tu as raison. Où veux-tu que nous allions? Au cinéma? ou au théâtre en plein air de Sewingbury.

Avant qu'elle ait pu répondre, le téléphone sonna.

— C'est Sylvia, sans doute. Elle a dû s'apercevoir que Ben avait oublié son ours. Réponds-lui que nous le déposerons en passant, chéri, je n'ai pas le courage d'affronter une autre séance d'épouse outragée.

Wexford décrocha. Ce n'était pas sa fille. Dora le sut avant même qu'il ne parlât. Elle reconnaissait cette expression. Il dit seulement « oui » et « bien sûr », mais elle comprit. Il raccrocha et déclara :

— Tout le monde ne part pas en vacances en août. Un corps a été découvert dans un champ à huit cents mètres d'ici.

— Est-ce...

— Pas un des maîtres, répondit froidement son mari, une des esclaves. Il renoua sa cravate qu'il avait commencé à enlever et remit son veston. Je suis obligé d'y aller immédiatement. Que vas-tu faire? Dérégler la télévision pour que j'aie du mal à la remettre en marche? Tu dois regretter de m'avoir épousé!

— De toute façon, il est un peu tard pour m'en apercevoir!

Wexford se mit à rire, se pencha pour l'embrasser et sortit prendre sa voiture.

Kingsmarkham est une assez grande ville, au centre du Sussex, qui s'est étendue du côté de Stowerton et de Sewingbury alors que, vers le Nord, la campagne est restée intacte. Dans cette direction, High Street devient Ponfered Road et la pinède de la forêt Cheriton monte à l'assaut de la colline.

Forest Road est la dernière rue de ce quartier à porter la marque postale de Kingsmarkham. Elle débouche directement dans Ponfret Road mais, pour s'y rendre, la plupart des habitants de ce quartier empruntent un raccourci au bout de High Street et coupent à travers champ. Wexford gara sa voiture à l'endroit où ce sentier rejoint Forest Road, devant deux maisons jumelles appelées Villas Carlyle.

Il suivit le sentier bordé d'une haute haie. A environ cent mètres devant lui, il aperçut, au milieu d'un groupe d'hommes rassemblés près d'un épais taillis, l'inspecteur Michael Burden, le Dr Crocker, médecin de la police et deux photographes.

En voyant arriver Wexford, Burden vint au-devant de lui et murmura quelques paroles à son oreille. Wexford acquiesça. Sans regarder le corps, il s'approcha du détective constable Loring qui se tenait, un peu à l'écart, avec un jeune homme paraissant très ému.

— Mr. Parker?

— Moi-même.

— Je crois comprendre que vous avez trouvé le corps.

— En réalité, c'est mon fils qui l'a vu le premier.

Wexford le regarda avec surprise. Parker ne paraissait pas plus de vingt-cinq ans.

— Un *enfant?*

— Il ne s'est pas rendu compte,... du moins, je l'espère. Il n'a que six ans.

Ils s'assirent sur un banc de bois que la Municipalité avait placé là pour les promeneurs.

— Racontez-moi ce qui est arrivé.

— Je l'avais emmené chez ma sœur pour laisser un peu de paix à ma femme pendant qu'elle mettait les deux autres au lit. J'habite un des bungalows de Forest Road, *Bella Vista,* celui qui a un toit vert. Nous revenions par ce sentier et Nick jouait avec sa balle. Elle a roulé dans l'herbe haute sous la haie et il a couru la chercher. Alors, il m'a appelé « Papa, il y a une dame couchée là ». J'ai eu une sorte de pressentiment, je ne sais pas pourquoi, et je suis allé voir... Je... Eh bien, je sais que je n'aurais pas dû, mais j'ai tiré sa veste sur sa poitrine. A cause de Nicky, vous comprenez, c'est un enfant, et avec tout ce sang...

— Je comprends très bien, dit Wexford, avez-vous touché autre chose?

Parker secoua la tête :

— J'ai dit à Nicky que la dame était malade et que nous devions aller à la maison pour téléphoner au docteur. J'espère qu'il ne s'est pas rendu compte... Je l'ai ramené et j'ai appelé la police. Sincèrement, je ne l'aurais pas touchée si j'avais été seul...

— C'était une situation exceptionnelle, Mr Parker, dit Wexford en s'efforçant de sourire, j'aurais agi de la même manière à votre place.

— Il n'aura pas à... je veux dire... il y aura une enquête, n'est-ce pas? Je devrai témoigner, je le sais, mais...

— Soyez sans inquiétude. L'enfant ne sera pas interrogé. Vous pouvez rentrer chez vous. Je vous verrai plus tard et merci pour votre coopération.

Parker se leva, regarda les photographes qui s'affairaient autour du corps et se retourna :

— Ça ne me regarde pas... mais, je sais qui elle est, peut-être l'ignorez-vous?

— En effet, qui est-ce?

— Miss Comfrey. Elle n'habite pas ici, mais son père demeure villa Carlyle, celle qui est peinte en bleu. Il est à l'hôpital. Il a eu un accident et je suppose qu'elle est venue pour le voir.

— Merci beaucoup, Mr Parker.

Wexford traversa le sentier et Burden s'écarta pour qu'il pût voir le corps. C'était celui d'une femme d'un certain âge, assez corpulente. Le visage portait une épaisse couche de maquillage. Rouge à lèvres, fond de teint, fard à paupières. Les yeux gris étaient ouverts et dans ce regard fixe, Wexford crut lire — mais peut-être était-ce un effet de son imagination? — une expression sardonique.

Une frange de cheveux brun dépassait d'un foulard noué sous le menton. Le corps était vêtu d'une robe imprimée bleue et rouge en tissu synthétique avec une veste assortie qui devait avoir été portée déboutonnée. L'un des souliers à hauts talons s'était détaché et était resté suspendu à des brindilles. Sur sa hanche, reposait un grand sac rouge. Elle ne portait aucune bague à ses doigts, ni montre à son poignet. En revanche, un lourd collier de perles rouges entourait son cou et ses ongles, coupés courts, étaient peints avec du vernis rouge.

Wexford s'agenouilla et ouvrit le sac en couvrant ses doigts avec son mouchoir. A l'intérieur, se trouvaient trois clés passées dans un anneau, une boîte d'allumettes, un paquet de *Philip Morris* où il manquait quatre cigarettes, un bâton de rouge, un poudrier démodé, un portefeuille et, au fond du sac, de la petite monnaie. Pas de lettre, ni de pièces d'identité. Le portefeuille en crocodile noir était neuf. Il contenait quarante-deux livres. La victime n'avait donc pas été tuée pour l'argent qu'elle portait sur elle.

Rien ne pouvait donner une idée de son adresse, ses occupations ou même son identité. Pas de carte de crédit ou de carnet de chèques.

Il referma le sac et écarta la veste. Le corsage de la robe était couvert de taches brunâtres, mais on distinguait les traces de deux entailles profondes. Elle avait été poignardée.

CHAPITRE II

Wexford se redressa. Pendant que le médecin prenait sa place, il demanda à Loring :

— A-t-on retrouvé l'arme?

— Non, Monsieur, nous n'avons pas encore eu le temps de chercher.

— Eh bien, il faut vous y mettre sans plus tarder, avec Gates et Morwood. Cherchez un couteau — les chances de le retrouver étaient minces, pensa-t-il avec pessimisme — Quand vous l'aurez trouvé, reprit-il, faites une enquête porte à porte dans Forest Road. Glânez tous les renseignements possibles sur cette femme. Mr Burden et moi nous chargeons de Mr Parker et de la Villa Carlyle. Se tournant vers le Dr Crocker, il demanda : depuis combien de temps est-elle morte, Len?

— Pour l'amour du ciel, n'attendez pas trop de précisions à ce stade. La raideur est déja établie, mais le temps a été chaud. Je dirai environ dix-huit heures. Peut-être plus.

— Très bien. Appelant Burden, Wexford ajouta : nous n'avons plus rien à faire ici, Mike, allons à la Villa Carlyle et chez Mr Parker.

Michael Burden était une officier de police d'un rang trop élevé pour accompagner un Inspecteur-Chef dans ses visites au cours d'une enquête. Néanmoins, il le faisait parce que c'était la façon dont ils travaillaient. Ils avaient toujours procéder ainsi et continueraient à le faire, en dépit de la désapprobation du Chef Constable.

Les deux hommes étaient grands. Près de vingt ans les séparaient et, à une certaine époque, ils avaient été si dissemblables dans leur apparence que leur apparition suscitait des réflexions ironiques. Mais Wexford avait perdu sa graisse superflue pour devenir presque maigre, alors que Burden avait toujours été mince.

De loin Burden était le mieux, physiquement, avec ses traits réguliers qui auraient fait de lui un bel homme, s'ils n'avaient été marqués par d'amères expériences. Wexford, quant à lui, était d'une laideur sympathique qui attirait le regard des femmes parce qu'on lisait sur son visage tant de vive intelligence, d'amour de la vie et de vigueur, qu'en dépit de son âge, il paraissait posséder l'essence même de la jeunesse.

Côte à côte, ils remontèrent le sentier et arrivèrent à Forest Road sans avoir échangé une parole, car il n'y avait rien à dire. Une femme était morte, mais en un certain sens, un assassinat est un commencement et non une fin. La vie d'un homme qui s'éteint de mort naturelle peut être enterrée avec lui. Celle de cette femme serait peu à peu dévoilée, événement après événement, aussi obscure qu'elle ait pu être, jusqu'à ce que cette vie ait pris le caractère d'une biographie.

Dans l'allée, ils tournèrent sur la droite et se tinrent devant les deux maisons près desquelles Wexford avait garé sa voiture. Les deux villas partageaient un même pignon sur lequel se trouvait une plaque en plâtre portant le nom et la date de la construction : Villas Carlyle — 1902 .

Wexford frappa à la porte de la maison bleue, sans grand espoir d'obtenir une réponse. Il n'y en eut pas, et personne ne répondit non plus quand il sonna à la porte voisine qui offrait un mélange, beaucoup plus prétentieux, de fer forgé et de vitraux.

Déçus de l'insuccès de ces visites, ils traversèrent la rue. Forest Road se terminait en cul-de-sac par un mur de pierre derrière lequel s'étendaient des prés et la forêt.

A part les Villas Carlyle, il y avait là une douzaine de maisons, quelques petits cottages neufs, deux ou trois bungalows et une solide maison de gardien en pierre qui se dressait devant la grille d'une propriété dont la maison principale avait disparu depuis longtemps. L'un des bungalows, construit à la période où l'influence d'Hollywood s'exerçait jusqu'à ce coin retiré du Sussex, avait des bow-windows et un toit en tuiles flamandes vertes. *Bella Vista.*

Le jeune Nicky n'était pas encore couché. Il était assis avec sa mère dans un salon, aussi en désordre que celui que Wexford avait quitté une heure plus tôt. Mais si Parker n'avait pas présenté cette jeune femme comme son épouse, Wexford l'aurait prise pour une adolescente. Elle avait les joues rondes et les yeux innocents d'une enfant. Sans doute, s'était-elle mariée à seize ans, bien qu'elle ne parût guère plus âgée maintenant.

Parker déclara en leur adressant un clin d'œil complice :

— Ce monsieur est un docteur qui vient nous annoncer que cette pauvre dame va mieux.

— C'est exact, mentit Wexford, elle est guérie.

— Va dans la chambre de Nanna, Nicky, elle te permettra de regarder la télévision.

Dès que l'enfant sortit, la tension diminua.

— Merci, dit Parker, j'espère que cette aventure n'aura pas de conséquence fâcheuse sur ce gosse.

— Ne vous inquiétez pas. Il est trop jeune pour lire les journaux, vous n'aurez qu'à surveiller les nouvelles à la télévision. Voyons, Mr Parker, vous m'avez dit que le père de... de Miss Comfrey était à l'hôpital. Savez-vous lequel?

— A Stowerton. Il a eu un accident... quand était-ce, Stell?

— En mai. Miss Comfrey était venue le voir. En entendant son taxi arriver de la gare, il s'est précipité hors de la maison et il est tombé en se brisant le col du fémur. Tout s'est passé très vite. Avec l'aide du chauffeur, elle l'a transporté à l'hôpital dans le même taxi. Il est là-bas depuis. Je ne l'ai pas revu, mais Mrs Crown m'en a parlé.

Miss Comfrey est revenue une fois pour le voir. Elle ne vient jamais souvent, n'est-ce pas, Brian?

— Pas plus d'une ou deux fois par an.

— Je savais qu'elle devait venir hier. Mrs Crown me l'a dit quand je l'ai rencontrée à la poste. Rhoda lui avait téléphoné pour lui annoncer son arrivée parce que le vieux monsieur Comfrey avait eu une attaque. Personnellement, je ne l'ai pas rencontrée, mais de toute façon, je ne la connaissais pas assez pour lui adresser la parole.

— Qui est Mrs Crown? demanda Burden.

— La tante de Miss Comfrey. Elle habite la maison voisine de celle du vieux Mr Comfrey. C'est elle que vous devriez voir.

— Sans doute, mais il n'y a personne chez elle.

— Je vais vous donner un conseil, dit Stella Parker qui semblait deux fois plus vive et intelligente que son mari, je ne veux pas me mêler de ce qui ne me regarde pas, mais si vous désirez des renseignements, vous devriez vous adresser à la grand-mère de Brian. Elle a vécu ici toute sa vie. Elle est même née dans un de ces cottages.

— Votre grand-mère vit-elle avec vous?

— Elle nous a aidés à acheter la maison avec ses économies, dit Parker, et elle est venue s'installer chez nous. Ça marche bien, n'est-ce pas Stell? C'est une chic grand-mère!

Wexford sourit et se leva.

— Je la verrai, mais pas ce soir. Vous recevrez une convocation pour vous présenter à l'enquête, Mr Parker. Ce ne sera pas bien long. Savez-vous quand Mrs Crown sera chez elle?

— Après la fermeture des pubs, répondit Parker sans hésiter.

— Allons à l'hôpital maintenant, Mike, dit Wexford. D'après les vagues renseignements que nous a donnés Crocker, il semblerait que Rhoda Comfrey ait été tuée alors qu'elle revenait de voir son père à l'hôpital. Elle aura probablement utilisé ce sentier comme raccourci depuis l'arrêt de l'autobus.

— Les heures de visites à Stowerton sont de sept à huit

heures du soir, dit Burden. Cela nous permettra, sans doute, de fixer l'heure de sa mort de façon plus précise.

— La tante, amateur de pubs, devrait pouvoir nous aider. Si le vieux Comfrey est *compos mentis,* il nous donnera l'adresse de sa fille à Londres.

Les visiteurs qui s'en retournaient faisaient la queue à l'arrêt de l'autobus devant l'hôpital de Stowerton. Rhoda Comfrey avait-elle aussi fait la queue la nuit précédente? Il était huit heures dix.

A l'entrée, le portier leur indiqua que James Albert Comfrey se trouvait dans la Salle Lython. Ils longèrent un corridor et montèrent deux étages. Les doubles portes vitrées étaient fermées à l'entrée de la salle Lython. Comme Wexford les ouvrait, une jeune infirmière de type Malaisien ou Thaïlandais prononcé, vint leur barrer la route en déclarant que l'heure des visites était terminée.

— Police, dit Burden, nous voudrions parler à l'infirmière en chef.

— S'il vous plaît, ajouta Wexford, ce qui lui valut un sourire, ne pouvez-vous être plus poli, Mike?

Elle revint avec Sœur Lynch, une grande Irlandaise brune d'une trentaine d'années.

— Que puis-je faire pour vous, Messieurs?

Elle écouta et fronça les sourcils en apprenant la nouvelle.

— C'est affreux. Une femme n'est plus en sécurité sur les routes. En effet, Miss Comfrey est venue hier soir voir son père.

— Nous devons lui parler, ma sœur.

— Pas ce soir, Inspecteur-Chef. Je le regrette, mais je ne puis le permettre avec tous ces vieux messieurs qui s'endorment. Je termine moi-même mon service dans dix minutes. Je lui parlerai demain matin, bien que je doute qu'il puisse comprendre.

— Est-il sénile?

— Voilà un mot dont j'ignore la signification, Inspecteur-Chef. Mr Comfrey a quatre-vingt-quatre ans. Il a eu une violente attaque. Il sommeille la plupart du temps. Si c'est cela être sénile, il l'est. Vous perdrez un temps précieux en le voyant. Je lui annoncerai la nouvelle avec ménagement. Puis-je faire autre chose pour vous?

— Avez-vous l'adresse de Miss Comfrey?

— Certainement.

Sœur Lynch se tourna vers une jeune fille à la peau noire qui s'approchait avec une table roulante chargée de médicaments.

— Voulez-vous aller chercher l'adresse personnelle de Miss Comfrey au bureau, s'il vous plaît Miss Mahmud?

— Avez-vous parlé à Miss Comfrey hier soir, ma sœur?

— Seulement pour lui confirmer que son père était dans le même état. Cependant, elle s'entretenait avec Mrs Wells quand je l'ai quittée. Le mari de Mrs Wells occupe le lit voisin de celui de Mr Comfrey. Ah! voici l'adresse que vous désirez : n° 1 Carlyle Villa, Forest Road, Kingsmarkham. Je vois qu'il n'y a pas de numéro de téléphone.

— Je crains que ce ne soit l'adresse de Mr Comfrey, dit Wexford nous désirons celle de sa fille.

— Nous n'en avons pas d'autre. A notre connaissance, Miss Comfrey habitait Kingsmarkham avec son père.

— Non, protesta Wexford, elle habitait Londres. Supposez que vous ayez eu à la prévenir — par exemple si l'état de son père s'était aggravé — comment auriez-vous fait?

— Je l'aurait prévenue par lettre ou par messager, répondit sœur Lynch d'un ton sec, manifestant qu'elle n'aimait pas que l'on mette son efficacité en question. De toute façon, cela n'aurait pas été nécessaire. Miss Comfrey téléphonait presque tous les soirs. Mardi dernier, elle a appelé le jour où son père a eu une attaque.

— Ne prétendiez-vous pas qu'elle n'avait pas le téléphone? Ma sœur, j'ai besoin de son adresse. Il me faut voir Mr Comfrey.

Elle consulta sa montre et déclara :

— Je viens de vous expliquer que le pauvre homme mène une vie purement végétative. Il sera incapable de vous fournir une adresse.

— Très bien, dans ce cas, puis-je avoir l'adresse de Mrs Wells?

Quand il l'eut obtenue, il déclara qu'il reviendrait le lendemain.

— A votre guise. Et maintenant, permettez-moi de prendre congé.

Les sourcils froncés, Wexford la regarda s'éloigner.

— Nous aurons ce renseignement par la tante, mais il est tout de même étrange qu'elle n'ait pas donné son adresse à l'hôpital.

— Bah! Dans le fond, c'est compréhensible. Ces vieilles personnes peuvent devenir de véritables boulets et ce sont toujours les femmes qui doivent s'en occuper. Le vieux Mr Comfrey sortira un jour de l'hôpital. Il ne pourra vivre seul. Une fille célibataire était une véritable aubaine pour les médecins et les assistantes sociales. Ils se seraient jetés sur elle. On n'attend pas la même sollicitude d'un fils. Si elle leur avait communiqué son adresse, on lui aurait expédié le vieil homme en convalescence.

— Vous êtes la dernière personne que j'aurais soupçonné s'intéresser à la propagande du M.L.F. Mike! Mais ne pensez-vous pas, si je suis bien votre théorie, que sa façon de se conduire ne faisait qu'augmenter ses chances de se voir charger de son père? A l'hôpital, on croyait qu'elle était sur place et vivait déjà avec lui!

— Il doit y avoir une explication. Ce n'est guère important, n'est-ce pas?

— Ce n'est pas normal et, en ce sens, cela prend de l'importance à mes yeux. Allons voir Mrs Wells. Ensuite, nous retournerons à Forest Road attendre la tante.

Mrs Wells avait soixante-dix ans. Elle s'exprimait lentement, d'une manière assez confuse. Elle avait rencontré Rhoda Comfrey et s'était déjà entretenue avec elle deux fois auparavant, au cours de ses visites à l'hôpital. Une fois en mai et une fois en juillet. La veille, elles étaient allées, ensuite, prendre l'autobus de huit heures et quart. De quoi avaient-elles parlé? Eh bien surtout de l'opération de son mari. Miss Comfrey n'avait pas dit grand chose et avait paru nerveuse et mal à l'aise. Sans doute s'inquiétait-elle pour son père. Mrs Wells ignorait son adresse à Londres. En fait, elle avait cru qu'elle habitait Forest Road où elle retournait. Mrs Wells était descendue de l'autobus à l'arrêt du pont de Kingsbrook, mais sa compagne était restée.

Ils retournèrent au poste de police. L'arme du crime n'avait pas été retrouvée; l'enquête porte à porte, menée par Loring, Marwood et Gates n'avait donné aucun résultat. Personne, dans les cottages et bungalows avoisinants n'avait vu ou entendu quoi que ce fût d'anormal la veille au soir. Rhoda Comfrey était peu connue. Une seule personne l'avait aperçue la veille, lorsqu'elle était sortie de la maison de son père, vers six heures et demie pour prendre l'autobus de Stowerton.

— Retournez là-bas attendre Mrs Crown, ordonna Wexford à Loring, je rentre à la maison manger un morceau. Dès qu'elle sera là, téléphonez-moi.

CHAPITRE III

Dora avait cousu, mais elle avait abandonné sa couture et il la trouva occupée à lire. Aussitôt, elle se leva et lui apporta un bol de soupe, une salade de poulet, des fruits. Il parlait rarement de son travail à la maison, à moins que les choses se présentent vraiment mal. Pour lui, sa maison était un hâvre. Il était tombé amoureux et avait épousé une femme capable de lui apporter cette paix. En souffrait-elle? Se considérait-elle comme celle qui attend et doit servir alors qu'il avait sa vie ailleurs? Il n'avait jamais beaucoup réfléchi à la question. Y songer maintenant, réveillait l'anxiété qu'il avait repoussée au fond de son esprit au cours des trois dernières heures.

— As-tu d'autres nouvelles de Sylvia? demanda-t-il.

— Neil est venu chercher l'ours en peluche. Ben ne voulait pas s'endormir sans lui. Ne t'inquiète pas pour elle, chéri. Ce n'est plus une enfant. Elle doit faire face à ses problèmes.

— Un fils est votre fils tant qu'il n'a pas pris femme, mais une fille reste votre fille toute sa vie.

Une sonnerie impérieuse dispensa Nora de répondre. Elle soupira.

— Encore ce téléphone! Je pourrais mesurer ma vie en notes de téléphone!

— Ne m'attend pas, lança Wexford en prenant sa veste.

Onze heures moins dix. Il faisait nuit maintenant, mais

le ciel était parsemé d'étoiles. Un seul réverbère était allumé dans Forest Road. La lumière brillait au n° 2 Villa Carlyle, alors que les autres maisons étaient déjà plongées dans l'obscurité. Il sonna à la porte garnie de fer forgé.

— Mrs Crown?

Il s'attendait à une réponse négative, car cette femme était beaucoup plus jeune qu'il ne s'y était attendu. A peine plus âgée que lui. Mais elle acquiesça et lui demanda ce qu'il désirait. Elle sentait le gin et possédait cette assurance qu'apporte l'alcool. Il déclina son identité et elle le fit entrer.

Il attendit d'être au salon — très encombré — pour lui apprendre la nouvelle, en y mettant des formes et tout en ayant conscience que ce n'était pas nécessaire.

— Eh bien! si je m'attendais! fit-elle, et Rhoda en particulier! Cela me donne un choc. Je crois que j'ai besoin d'un petit verre. En voulez-vous un?

Wexford secoua la tête. Elle prit une bouteille de gin sur le buffet en chêne, dont le dessus était couvert de marques rondes de bouteille.

— Je ne vais pas prétendre que j'éprouve un grand chagrin. Nous n'étions pas proches. Où est-ce arrivé?... Dans le sentier? Vous ne me verrez pas me précipiter là-bas en courant, je peux vous l'assurer!

Petite et vêtue de façon criarde, elle portait sur la tête un foulard d'un jaune plus passé que l'étroite robe qui la moulait et qui était parsemée de taches et de brûlures de cigarette. Les cheveux de Mrs Crown ressemblaient à de l'herbe sèche dans leur texture et étaient d'un blond roux flamboyant. Eller alluma une cigarette qu'elle prit dans un paquet de *Marlboro* et qu'elle laissa pendre entre ses lèvres peintes d'un rouge aussi vif que celui de sa nièce.

— Je n'ai pu informer votre frère de la triste nouvelle, dit Wexford. Il semble qu'il n'est pas en état de comprendre.

— Mon beau-frère, si cela ne vous fait rien. Ce vieux sacripant n'est pas mon frère.

— Ah! dit Wexford, mais il se fait tard, Mrs Crown,

je ne veux pas vous retenir trop longtemps. Pourriez-vous seulement me dire si vous savez ce qu'a pu faire Miss Comfrey hier?

Elle le dévisagea en soufflant la fumée de sa cigarette par le nez.

— C'est probablement un maniaque qui l'a poignardée. Il l'a tuée pour son argent, n'est-ce pas? Elle était pleine de fric... puis elle ajouta avec une mine gourmande : ce n'est certainement pas un crime sexuel.

Wexford ne la suivit pas sur ce terrain. Il se contenta de demander :

— L'avez-vous vue hier?

— Elle m'a téléphoné vendredi pour m'annoncer qu'elle venait. Elle pensait que je pourrais m'inquiéter en voyant de la lumière à côté. Je dois avouer que son appel m'a stupéfiée! « Allo, Lilian? devine qui parle? » Naturellement, j'ai aussitôt reconnu cette voix grave et cet accent pédant. Elle ne tenait pas ça de ses parents, mais ce n'est pas ce que vous désirez savoir. Elle est arrivée en taxi vers une heure de l'après-midi, sur son trente-et-un et malheureuse comme les pierres. Elle était toujours abattue lorsqu'elle venait ici et ne cachait pas qu'elle détestait cette ville. Nous étions bien loin de l'impression qu'elle voulait donner au téléphone : très suffisante, si vous voyez ce que je veux dire. Vraiment, vous ne voulez rien boire? Je crois que je vais prendre encore une petite goutte.

Elle se versa beaucoup plus d'une goutte de gin dans son verre et le dégusta, perchée sur le bras d'un fauteuil, en se croisant les jambes. Ses mollets étaient déformés par des varices, mais elle conservait le coup de pied élégant d'une femme qui a connu une jeunesse tumultueuse.

— Elle n'est pas venue me voir avant six heures moins le quart. « Veux-tu venir avec moi, Lilian? » a-t-elle demandé, sachant fort bien que je refuserais. Je lui ai répondu que j'avais rendez-vous avec mon ami, ce qui était la stricte vérité. J'ai bien vu que ça ne lui plaisait pas. Elle a toujours été jalouse. « Quand seras-tu de retour? »

a-t-elle demandé « je viendrai te donner de ses nouvelles » « Très bien », ai-je dit, en faisant de mon mieux pour être aimable, bien que je n'aie guère perdu mon temps avec lui depuis que ma pauvre sœur nous a quittés. « Je serai là à dix heures ». Mais elle n'est pas venue et je n'ai pas vu de lumière à côté. J'ai pensé qu'elle était retournée directement à Londres et pas un instant je n'ai soupçonné qu'il ait pu lui arriver malheur.

— J'aurai sans doute besoin de vous revoir, Mrs. Crown. En attendant, pouvez-vous me donner l'adresse de Miss Comfrey à Londres?

— Je ne l'ai pas.

— Voulez-vous dire que vous ne la connaissez pas?

— Exactement. Écoutez, j'habite à côté de ce vieux grigou seulement parce que c'est pratique. Je suis venue m'installer là, autrefois, pour être avec ma sœur et après sa mort, je suis restée, mais cela ne signifie pas que nous soyons intimes. En réalité, lui et moi ne nous parlons plus. Quant à Rhoda... Eh bien, il ne faut pas dire du mal des morts. C'était la fille de ma sœur, mais je ne me suis jamais entendue avec elle. Il y a plus de vingt ans qu'elle a quitté le pays et je ne l'ai pas vue plus de dix fois depuis. Elle ne m'a jamais communiqué son adresse ou son numéro de téléphone et ce n'est pas moi qui les lui aurais demandés. Si je les connaissais, je vous le dirais, je n'ai rien à cacher.

— Oui, mais je suppose que vous saviez ce qu'elle faisait pour vivre?

— Elle était dans les affaires, déclara Lilian Crown, avec un air d'envie, elle ajouta : l'argent lui a toujours collé aux doigts et elle a toujours su le faire fructifier, mais je n'en ai jamais vu la couleur, ni lui non plus. C'est un vieux sacripant, mais c'est quand même son père, n'est-ce-pas?

Pour une femme qui ne voulait pas dire du mal d'une morte...

Wexford retourna chez lui en traçant dans son esprit l'image de ce que Rhoda Comfrey avait été. Une femme d'un certain âge, à son aise, ayant réussi dans la vie. Une femme qui n'aimait pas la ville où elle était née parce qu'elle en gardait, sans doute, de mauvais souvenirs, qui aimait son indépendance et s'était efforcée de la préserver, au point de ne pas communiquer son adresse... Une femme intelligente, cynique, dure, indifférente à l'opinion des gens de ce pays et qui ne donnait rien à ce vieux père désagréable, en dehors de ce que lui imposait son devoir le plus élémentaire. Cependant, il était trop tôt pour se livrer à des spéculations. Le lendemain matin, il obtiendrait un mandat de perquisition chez Mr. Comfrey. L'adresse de Rhoda Comfrey serait découverte et la nature de ses occupations exposée en plein jour.

D'ores et déjà, Wexford avait l'impression — une de ses intuitions, sans base logique, que son Chef Constable détestait tant — que le mobile du meurtre se trouvait à Londres.

Le poste de police de Kingsmarkham avait été construit quinze ans plus tôt et les habitants les plus conservateurs de la ville avaient été choqués par le modernisme de ce bâtiment blanc avec son toit plat et ses larges fenêtres. Mais une décade et demie avait triplé la taille des jeunes arbres, tout autour, et la sévérité des lieux était maintenant à moitié cachée par les bouleaux et les faux-poivriers. Le bureau de Wexford se trouvait au second étage. Murs jaune bouton d'or, décorés de cartes de la région et d'un calendrier représentant une vue du Sussex, moquette bleue. Le bureau en bois de rose lui appartenait personnellement. Une large fenêtre offrait une jolie vue sur High Street, avec ses toits à hauts pignons, et de vertes collines en arrière plan. Ce mercredi dix août, la fenêtre était grande ouverte et l'air conditionné de la pièce avait été débranché. Il ferait une autre belle journée, telle que le ciel constellé d'étoiles de la nuit précédante l'avait annoncée.

Wexford n'avait fait que passer à son bureau, tôt le matin, avant de se rendre à l'hôpital de Stowerton. Entre temps, les vêtements que Rhoda Comfrey avaient portés lui avaient été envoyés et se trouvaient maintenant posés sur son bureau. L'inspecteur jeta à côté les premières éditions des journaux du soir qu'il venait d'acheter.

Les vieilles filles, même lorsqu'elles ont été assassinées, ne font pas la une des journaux. Aucun d'eux ne lui avait consacré plus d'un paragraphe en deuxième ou troisième page. Wexford s'assit près de la fenêtre pour se rafraîchir, car la façade du poste de police était encore à l'ombre.

James Albert Comfrey. On avait tiré un rideau en cretonne à fleurs autour du lit du vieil homme. Ses mains s'agitaient comme des crabes. Les doigts crochus s'aggripaient aux draps. La bouche ouverte, il respirait fort. Sur ce visage dur et cependant sans expression, Wexford avait retrouvé les traits de sa fille. Même nez fort, même lèvre supérieure développée, même menton entêté.

— Comme je m'y attendais, déclara Sœur Lynch, il n'a eu aucune réaction quand je lui ai annoncé la nouvelle. Il enregistre peu de choses.

— Mr. Comfrey, dit Wexford en s'approchant du lit.

— Vous perdez votre temps. Il ne vous entend pas.

— Je voudrais jeter un coup d'œil dans ce casier.

— Je ne puis vous le permettre.

— J'ai un mandat de perquisition pour sa maison, dit Wexford qui commençait à perdre patience, croyez-vous que je ne pourrais en obtenir un pour ce placard?

— Quelle sera ma position s'il retrouve ses esprits?

— Pensez-vous qu'il sera jamais en état de déposer une plainte à la direction de l'hôpital?

Sans discuter davantage, Wexford ouvrit le bas du placard. Il ne contenait qu'une paire de pantoufles et une robe de chambre. Le tempérament irlandais reprenant le dessus, il sentit plus qu'il n'entendit, l'exclamation de protestation.

Imperturbable, il déplia la robe de chambre et fouilla dans les poches. Il n'y avait rien. Il la replia. Violation de la vie privée? La robe de chambre était en tissu éponge rouge et portait une étiquette en coton avec le nom « Hôpital de Stowerton ». James Comfrey ne possédait peut-être plus rien de personnel.

Si, pourtant! Dans le tiroir, au-dessus du placard, Wexford trouva un dentier dans une boîte en plastique et une paire de lunette. Impossible d'imaginer que cet homme pût avoir un carnet d'adresses. Il n'y avait rien d'autre dans ce tiroir qu'un paquet de serviettes en papier.

Il était reparti, perplexe, déçu. De toute façon, l'entrefilet paru dans la presse, aussi discret qu'il fût, alerterait des connaissances, employeurs ou employés de Rhoda Comfrey qui devaient maintenant commencer à s'inquiéter de son absence.

Il fixa son attention sur les vêtements posés sur son bureau. Décidément, il était dit qu'il passerait son temps à fouiller dans les affaires des autres. Il y avait encore tant de placards à retourner, tant d'alcoves à déranger!

La robe et la veste de Rhoda Comfrey, ses souliers et son linge se révélèrent fort peu remarquables. C'étaient des vêtements de qualité courante, appartenant à une femme d'un certain âge qui avait du goût pour la couleur et les accessoires voyants. Les chaussures étaient déformées par des pieds trop larges. Il examina les étiquettes qui lui apprirent seulement que les souliers venaient d'une chaîne de magasins fort connus et que les vêtements avaient pu être achetés dans n'importe quel grand magasin. Il en était là de ses réflexions quand on frappa à sa porte. Le Dr Crocker passa la tête.

— Qu'est-ce qui vous tracasse, Reg?

Ils se connaissaient depuis leur enfance. Ils étaient allés à la même école, Wexford étant en terminale alors que Leonard Crocker entrait en sixième. Il était même arrivé à l'inspecteur de ramener chez lui, à Pomfret, un enfant malicieux et récalcitrant. Dieu qu'il avait détesté cette tâche! Maintenant, tous deux prenaient de l'âge, mais la malice était restée. Wexford n'était pas d'humeur à plaisanter.

— Devinez donc un peu! grogna-t-il.

Crocker s'approcha du bureau et prit un des souliers.

— Le vieil homme est mon patient, le savez-vous?

— Non, je l'ignorais et je prie le ciel que vous ne soyez pas venu pour faire des mystères. J'espère que vous n'allez pas me jeter à la tête ces sottises à propos du secret professionnel!

Crocker ne répondit pas directement.

— Le vieux Comfrey venait me voir régulièrement à mon cabinet tous les mardis soirs. Il ne souffrait de rien en particulier jusqu'au jour où il s'est cassé le col du fémur. Les vieilles gens aiment bien venir voir leur médecin pour bavarder. Je pensais que cela vous intéresserait.

— Bien sûr, à condition que ce soit intéressant.

— Eh bien, c'est sa fille qui est morte et il parlait beaucoup de sa fille. Comment elle l'avait laissé seul après la mort de sa mère et combien elle le négligeait et ne venait pas le voir d'un bout de l'année à l'autre. Vraiment, il était très loquace à ce sujet.

— Hum, je vois, mais ne nous égarons pas sur les lamentations du Roi Lear à propos de l'ingratitude de ses filles. Je suppose que vous connaissez l'adresse de cette fille dénaturée?

— Elle habitait Londres.

— Oh! vraiment! Si quelqu'un me répète encore cela, je l'arrête pour obstruction caractérisée! Prétendez-vous ignorer son adresse à Londres? Pour l'amour du ciel, Len, ce vieil homme a quatre-vingt cinq ans. Supposez que vous ayez été appelé à son chevet et que vous l'ayez trouvé sur le point de mourir, comment auriez-vous prévenu sa fille?

— Il n'était pas sur le point de mourir, Reg. On ne meurt plus de cette façon. On est malade. On entre à l'hôpital où l'on est soigné. La majorité des gens meurent à l'hôpital aujourd'hui. Durant la longue maladie, on a le temps d'avoir l'adresse de la famille.

— Eh bien, vous ne l'avez pas et l'hôpital non plus! grommela Wexford qu'avez-vous à répondre à cela? Il me faut cette adresse!

— Vous la trouverez chez Comfrey.

— Espérons-le. Je m'y rends de ce pas.

Le médecin se redressa de son perchoir sur le bord de

la table. Sur un ton rappelant les années de leur jeunesse, il demanda :

— Puis-je venir aussi?

— Pourquoi pas? Mais je ne veux pas vous voir caracoler partout dans la maison et gêner tout le monde.

— Merci beaucoup, dit Crocker avec un petit salut moqueur, à qui vont les pronostics pour désigner les membres les plus respectés de la communauté? Aux praticiens de médecine générale!

— Vous m'en direz tant! De toute façon, je me doutais que ce n'étaient pas les flics, dit Wexford d'un ton dépité.

CHAPITRE IV

L'odeur à laquelle il s'était attendu régnait dans la maison. Un mélange de vieille personne, de sueur, de chou et de camphre.

— De quoi vivaient les mites avant que l'homme porte des vêtements en laine?

— Des moutons, je suppose, répondit le médecin.

— Les moutons ont-ils des mites?

— Dieu seul le sait! Cette maison est un véritable capharnaüm!

Ils ouvraient des tiroirs dans les deux pièces du rez-de-chaussée. Crayons cassés, bouteilles d'encre vides, allumettes usées, vieux clous, un assortiment de clefs, une paire de chaussettes trouées, une montre cassée.

— Un terrain tout préparé pour un anthrax, dit Crocker, en mettant dans sa poche une douzaine de flacons et de boîtes de pilules et de cachets qui étaient entassés en haut du buffet.

— Mieux vaut que je dispose de tout cela pendant que je suis là. Jamais ils ne se décident à rien jeter, quoi que vous puissiez dire!

Au-dessus, on entendait les pas de Burden, Loring et Gates. Wexford s'agenouilla pour ouvrir le tiroir du bas. Quelques boules de naphtaline étaient mêlées à de vieilles chaussettes et à un paquet entamé de graines pour les oiseaux. Au fond du tiroir, il découvrit un cadre ovale.

Il le retourna et vit la photographie d'une jeune femme avec des cheveux noirs, coupés courts, une mâchoire carrée et un nez fort.

— Je suppose que c'est elle, dit-il au docteur.

— Je ne saurais vous le dire. Je ne l'avais jamais rencontrée avant de voir son corps hier, mais c'est le portrait frappant de son père. C'est sûrement elle.

Se souvenant du visage fardé, Wexford murmura pensivement :

— Oui, c'est elle, il y a bien longtemps. Il poussa un soupir et se leva : allons en haut.

Il n'y avait pas de salle de bains dans la maison et les cabinets étaient à l'extérieur, dans le jardin. L'escalier était recouvert d'un linoléum. Burden sortit de la chambre donnant sur le devant, qui était celle de James Comfrey.

— Il n'y a rien à voir ici. Savez-vous qu'il n'y a pas un seul livre dans toute la maison, ni une lettre ou une carte postale!

— Voyons la chambre d'ami, dit Crocker.

C'était une petite pièce triste. Une tapisserie fanée, représentant des pois de senteurs mauves, recouvrait les murs. Le plancher était nu et les rideaux d'un blanc sale. Sur le dessus de lit en coton blanc, étaient posés une jupe plissée bleu marine, un chemisier en nylon bleu et une paire de collants encore dans leur emballage. A part un placart-penderie et une petite commode, il n'y avait pas d'autre meuble. Sur la commode, il y avait une valise.

Wexford l'ouvrit. A l'intérieur, il trouva un pyjama en soie crème, de meilleure qualité que les vêtements portés par Rhoda Comfrey, une paire de sandales et une serviette éponge. C'était tout. La penderie était vide ainsi que les tiroirs de la commode.

Toute la maison avait été fouillée en vain. Wexford se tourna vers Burden et Crocker pour dire :

— C'est incroyable! Elle n'a pas donné son adresse à sa tante, à l'hôpital où se trouve son père, aux médecins de son père, aux voisins. Cette adresse n'est inscrite nulle part dans la maison. Il ne l'a pas avec lui à l'hôpital. Sans doute la connaît-il. mais il est incapable de la donner. A quoi diable jouait-ellle?

— Possum, répondit le directeur.

Wexford poussa un grognement.

— Je vais en face, dit-il. Prenez soin de tout laisser dans l'état où vous l'avez trouvé, ce qui signifie que rien ne doit être rangé. Et emmenez Mrs. Crown pour lui faire identifier officiellement le corps, Mike. Je vous souhaite bien du plaisir!

Nicky Parker ouvrit la porte de *Bella Vista* et sa mère la referma derrière le visiteur. A nouveau, Wexford joua le rôle du médecin pour le bénéfice de l'enfant. Quelque part dans la maison, un bébé pleurait et Stella Parker avait l'air harassé.

— Me serait-il possible d'avoir un entretien avec la grand-mère de votre mari? demanda-t-il poliment.

Elle emmena Wexford dans une pièce donnant derrière la maison. Assise dans un fauteuil, une passoire sur les genoux contenant les petits pois qu'elle écossait, se trouvait une des plus vieilles dames qu'il ait jamais rencontrée.

— Nana, voici l'inspecteur de police.

— Bonjour Mrs...

— Nana s'appelle Parker, comme nous.

Elle était entourée par les préparatifs du déjeuner de la famille. Par terre, d'un côté du fauteuil, il y avait une casserole d'eau avec des pommes de terre, les écosses des petits pois. Quatre pommes attendaient d'être coupées et placées sur un plat à tarte. Apparemment, telle était la manière, en dépit de son grand âge, dont elle payait son tribut à la famille. Wexford se souvint que Parker avait assuré qu'il possédait une « chic grand-mère » et il commençait à comprendre pourquoi.

Pendant un moment, elle ne parut pas s'occuper de lui, usant de son privilège de l'âge. Stella Parker les quitta et referma la porte derrière elle. La vieille dame ouvrit son dernier petit pois et déclara, comme s'ils étaient de vieilles connaissances :

— Quand j'étais jeune, on prétendait que si vous

trouviez neuf petits pois dans une écosse, il fallait les mettre devant votre porte et le premier homme qui entrait serait votre grand amour.

Elle jeta les neufs pois dans la passoire et s'essuya les doigts sur son tablier.

— L'avez-vous jamais fait?

— Que dites-vous? Parlez plus fort.

— L'avez-vous jamais fait?

— Je n'en avais pas besoin. J'étais fiancée à Mr. Parker dès l'âge de quinze ans. Asseyez-vous, jeune homme, vous êtes trop grand pour rester debout.

Wexford fut amusé et se sentit secrètement flatté.

— Mrs. Parker... commença-t-il, mais il fut interrompu par ce qui devait être sa question favorite.

— Quel âge me donnez-vous?

Il n'existe que deux périodes dans la vie d'une femme où elle souhaite paraître plus âgée qu'elle ne l'est : avant seize ans et après quatre-vingt-dix ans. Dans chaque cas, une erreur ne tire pas à conséquence. Néanmoins, il hésita.

Elle n'attendit pas sa réponse :

— Quatre-vingt-douze ans! lança-t-elle. Je m'occupe encore des légumes, je fais mon lit, ma chambre et j'ai gardé Brian et Nicky quand Stell était à l'hôpital à la naissance de Katrina. Je n'avais que quatre-vingt-neuf ans alors. J'ai eu onze enfants et je les ai tous élevés. Six sont déjà partis. Elle leva sur lui des yeux très bleus au milieu de leurs rides : ce n'est pas drôle de voir vos enfants partir avant vous, jeune homme. Le père de Brian était mon benjamin et il y aura deux ans en novembre qu'il nous a quittés. Il n'avait que cinquante ans. Cependant, Brian et Stell ont été merveilleux avec moi. Ce sont des amours tous les deux.

Il y eut un petit silence. Elle regarda Wexford avec attention et demanda :

— Que désirez-vous? Vous êtes policier a dit Stell... Oh! vous venez pour Rhoda Comfrey, n'est-ce pas?

— Votre petit-fils vous a-t-il dit...

— Bien sûr. Avant même de vous avertir.

Elle était fière d'avoir la confiance des jeunes et sourit. Puis elle hocha la tête avec gravité :

— Elle a été sauvagement assassinée.

— Oui, Mrs. Parker. Je crois que vous la connaissiez.

— Aussi bien qu'un de mes enfants. Du reste, elle avait l'habitude de me rendre visite chaque fois qu'elle venait ici. Elle me préférait à son père.

Enfin! pensa-t-il.

— Alors, vous allez pouvoir me donner son adresse!

— Parlez plus fort, s'il vous plaît.

— Son adresse à Londres.

— Je ne la connais pas. Qu'en aurais-je fait? Je n'écris plus depuis des années et je ne suis allée à Londres que deux fois dans toute ma vie.

Il avait perdu son temps en venant là et il ne pouvait se le permettre.

— Je peux vous raconter tout ce que vous voudrez à son sujet, reprit Mrs. Parker, et même au sujet de sa famille. Personne ne pourra vous en apprendre plus que moi.

— Mrs. Parker, je ne pense pas...

Que cela m'intéresse? Que cela soit important? Ce qu'il désirait, à ce stade, était une adresse, pas une biographie, spécialement une biographie avec des digressions, mais comment couper la parole à une femme de quatre-vingt-douze ans dont la surdité rendait les interruptions pratiquement impossibles? Il devait écouter, en espérant que cela ne serait pas trop long. Au surplus, elle avait déjà commencé :

— Ils sont venus ici quand Rhoda était toute petite. Elle était fille unique et venait jouer avec mes deux plus jeunes. Agnès Comfrey avait une santé délicate et elle tremblait devant son mari. Je ne prétends pas qu'il les battait, elle et Rhoda, mais il les faisait marcher à la baguette. Elle s'interrompit pour demander : Avez-vous rencontré Mrs. Crown?

— Oui, mais...

— Vous la verrez. Elle a toujours représenté un vivant

scandale dans le quartier. Elle venait rendre visite à sa sœur quand son premier mari était vivant. C'était avant la guerre et elle était déjà un oiseau de nuit, mais elle ne s'est mise à boire que lorsqu'il a été tué à Dunkerque. Elle a eu son bébé quelque trois mois plus tard. Je pense que c'était bien son fils. Accordons-lui le bénéfice du doute, mais c'était un Mongolien, le pauvre petit ange! Il s'appelait John. Tous deux sont venus vivre avec les Comfrey. Aggie est venue me trouver dans tous ses états à propos de l'arrivée de Lilian et de Jim qui menaçait de la jeter dehors. Le plus curieux est que, presque aussitôt, elle rencontra Crown et, dès qu'ils furent mariés, ils s'installèrent dans la maison voisine. Elle était vacante depuis la guerre. Et savez-vous ce qu'elle a fait?

Wexford secoua la tête en fixant la pyramide de petits pois qui avait un effet hypnotique sur lui.

— Je vais vous le dire : elle mit le petit John dans un établissement pour débiles mentaux! Avez-vous jamais vu une mère faire une chose pareille? C'était un enfant affectueux et très doux, comme le sont les Mongoliens. Il adorait Rhoda qui le promenait, sans aucune honte.

— Quel âge avait-elle alors? demanda Wexford pour dire quelque chose. C'était une erreur parce qu'il s'en souciait peu et qu'il dut répéter sa question deux fois avant qu'elle ne l'entendît.

— Elle avait douze ans quand il est né et seize ans quand Lilian l'a placé. Rhoda était au lycée. Mr. Comfrey voulait lui faire interrompre ses études à quatorze ans, comme on pouvait le faire alors. La directrice elle-même, Miss Fowler, est venue le voir pour lui dire que Rhoda était une élève brillante. Elle plaida tant et si bien qu'il lui permit de continuer deux ans de plus. Mais ensuite, il ne voulut rien entendre. Il avait besoin de la mettre au travail pour toucher son argent, le vieux grigou!

Il faisait très chaud et les mots se mirent à passer au-dessus de la tête de Wexford.

— ... Elle se trouva une place de vendeuse dans un magasin. Mais Rhoda voulait toujours étudier davantage. Elle s'enfermait dans sa chambre pour lire. Elle apprit le français toute seule. Elle suivait des cours par correspondance pour devenir secrétaire...

Comment diable allait-il découvrir son adresse? Pourrait-il la retrouver grâce à ses vêtements? Ou à ses chaussures démodées? Aucun espoir! La vieille voix cassée continuait son caquetage.

— ... Elle ne sortait jamais et ne fréquentait pas de garçon. Lilian la harcelait tout le temps « Quand vas-tu te trouver un amoureux, Rhoda? ». Elle obtint un poste de secrétaire. La pauvre petite prit l'habitude de s'habiller comme Lilian, vêtements voyants et maquillage outrageux...

Devrait-il faire paraître une photographie dans la presse?

Connaissez-vous cette femme?

— ... Aggie eut un cancer. Elle consulta un médecin trop tard. On l'opéra, mais c'était inutile, elle ne s'en releva pas. Alors, Rhoda resta seule avec le vieil homme.

Non, il ne pouvait permettre la publication de la photographie de la morte. Il ne l'avait jamais toléré. Si seulement, Mrs. Parker voulait bien en finir! Si seulement elle n'avait pas encore vingt ans de vie à raconter!

— Et elle serait restée, j'en suis certaine, pieds et poings liés, comme une esclave, si elle n'avait eu tout cet argent...

— Que dites-vous?

— C'est moi qui suis sourde, jeune homme!

— Excusez-moi, mais que disiez-vous à propos de cet héritage?

— Vous feriez mieux d'écouter quand on vous parle au lieu de rêvasser. Ce n'est pas un héritage. Elle a gagné cet argent à un concours de pronostics. Le vieux Jim Comfrey se rengorgeait déjà. « La chancc a frappé à ma porte », disait-il, mais il se trompait. Rhoda fit ses valises et partit en le laissant avec ses espérances!

— Combien avait-elle gagné?

— Oh! des mille et des cents! Elle ne l'a jamais précisé et je ne le lui ai pas demandé. Elle est venue me voir un après-midi. J'habitais en haut de la route, alors. Elle tenait une grande valise. Elle avait tout juste trente ans. C'était il y a vingt ans, presque jour pour jour. Voyez-vous, Rhoda et moi sommes nées le même jour, le cinq août et j'ai quarante-deux ans de plus qu'elle. « Je m'en vais, Auntie Vi », m'a-t-elle dit, « je vais à Londres chercher fortune ». Elle m'a laissé l'adresse d'un hôtel en me demandant de bien vouloir lui envoyer tous ses livres. Manque de chance, à ce sujet : Jim Comfrey les a tous brûlés dans son jardin! Un vrai feu de joie! Je revois encore Rhoda comme si c'était hier; avec ses hauts talons, elle n'arrivait pas à marcher convenablement. Elle était un peu ridicule avec sa robe à fanfreluches et ses ongles rouges.

— L'avez-vous vue avant-hier? demanda Wexford en élevant la voix.

— Non. J'ignorais qu'elle était là. Elle serait venue si...

— Qu'avait-elle l'intention de faire à Londres?

— Elle voulait être journaliste. Ici, elle avait été secrétaire du directeur de la *Gazette* et elle écrivait parfois des articles, je vous l'ai déjà dit, mais vous ne m'avez pas écoutée!

Étonné, il déclara :

— Mais Mrs. Crown prétend qu'elle était dans les affaires.

— Si vous croyez tout ce que raconte cette folle, vous êtes bien naïf! Rhoda est devenue journaliste et a très bien réussi. Elle avait une jolie maison, dont elle m'a beaucoup parlé, avec son salaire et ce qu'elle avait gagné, elle était très à son aise.

— A quel journal travaillait-elle et où était cette jolie maison? demanda-t-il d'une voix claironnante.

Mrs. Parker se redressa sur sa chaise avec dignité :

— Ce n'est pas la peine de crier comme ça, jeune homme! J'espère que vous ne deviendrez jamais sourd, mais si cela vous arrive, vous saurez qu'il n'est pas nécessaire de pousser des hurlements pour se faire comprendre. Il suffit d'articuler. D'un autre côté, on ne peut continuellement demander aux gens de répéter, ils penseraient que vous êtes gâteux. J'aimais bien voir

Rhoda et l'entendre raconter qu'elle avait écrit un article sur ceci ou cela et avait acheté des bibelots ou des meubles pour sa maison. Malheureusement, je n'entendais pas la moitié de ce qu'elle disait.

Défait, déprimé, presque abasourdi, Wexford se leva.

— Je dois m'en aller, Mrs. Parker.

— Je ne vous retiens pas, dit-elle sans montrer le moindre signe de fatigue, vous m'avez assourdie en poussant vos hurlements de taureau en colère. Saisissant les récipients contenant les pois et les pommes de terre, elle ajouta : tenez, rendez-vous utile en portant cela à Stell et dites-lui que j'ai besoin du plat à tarte.

CHAPITRE V

Peut-être avait-elle été journaliste indépendante, travaillant « à la pige »?

Au cours de la conférence de presse que Wexford tint dans l'après-midi, il posa la question à Harry Wild du *Courrier de Kingsmarkham* et au seul reporter qu'un journal de Londres avait délégué. Ni l'un, ni l'autre n'avait entendu parler d'elle dans le métier, bien qu'Harry se rappelât vaguement une fille brune, au physique ingrat, répondant au nom de Comfrey qui, vingt ans plus tôt, avait été secrétaire du directeur de la défunte *Gazette*.

— Et maintenant, nous allons ajourner l'affaire et boire un verre bien gagné chez Olive, déclara Wexford à Burden, voyez si vous pouvez dénicher Crocker, il doit être occupé à terminer son rapport.

Ayant trouvé le médecin, ils partirent ensemble pour aller chez *Olive & Dove*. Ils s'installèrent dehors à une table sous les arbres dans le jardin.

Il faisait le genre d'été, fort rare en Angleterre, que les étrangers se refusent à croire possible et que, cependant, les Anglais d'un certain âge se rappellent avoir connu trois ou quatre fois au cours de leur existence. Des semaines et des mois de soleil ininterrompu qui faisaient pousser des géraniums de cinq pieds de haut et produisaient des fleurs en profusion telle qu'on n'en voyait généralement de semblables que dans les serres chauffées. Aucun des trois hommes ne portaient de veston et le médecin arborait même une chemise à manches courtes.

Wexford but un vin blanc sec et frais. Crocker avait commandé une bière. L'inspecteur chef commença par féliciter son ami pour l'exactitude de son estimation sur l'heure de la mort. L'éminent pathologiste qui avait procédé à l'autopsie l'avait située entre sept et neuf heures et demie du soir.

— Huit heures et demie étant l'heure la plus probable, conclut-il, alors qu'elle revenait de l'arrêt de l'autobus. C'était une femme robuste et en bonne santé. Le premier coup de couteau a perforé le poumon, le second le ventricule gauche. Aucun signe de maladie ou d'anomalie, à un détail près. De nos jours, je pense que l'on peut tenir cela pour une anomalie.

— Que voulez-vous dire? demanda Crocker.

— Elle était vierge.

En bon puritain, Burden réagit aussitôt :

— Dieu tout puissant! Elle n'était pas mariée, n'est-ce pas? Les mœurs ont bien évolué si l'on en vient à considérer une condition parfaitement naturelle pour une femme célibataire comme une anomalie!

— Je suppose que vous auriez eu raison il y a cent ans, cinquante ans ou même vingt ans. Mais aujourd'hui, c'est différent.

— Cet état est même devenu rare chez une fille de quinze ans, si vous voulez mon avis, renchérit le médecin.

— Considérez la situation : elle n'avait que trente ans quand elle a quitté son père et c'était précisément au début de cette ère de libéralisation des mœurs que nous connaissons en ce moment. Elle avait de l'argent. Il est à présumer qu'elle a vécu seule, sans chaperon. D'accord, elle n'a jamais dû être jolie ou attirante, mais elle n'était pas repoussante non plus. N'est-il pas étrange qu'aux cours de ses dix premières années de liberté, elle n'ait pas noué une intrigue amoureuse ou tenté une aventure, juste pour l'expérience?

— Elle était peut-être frigide, dit Crocker. Tout le monde est supposé rouler de lit en lit de nos jours, mais vous seriez surpris du nombre de gens que les questions sexuelles n'intéressent pas, surtout les femmes. Quelques-unes font semblant, mais en réalité, elles préfèrent regarder la télévision.

Burden vida son verre en faisant la grimace, comme s'il s'agissait d'une potion amère. Il était policier bien avant que Rhoda Comfrey se fût libérée de l'emprise paternelle et il avait observé tous les aspects de la nature humaine sous un jour, parfois, déplaisant, cependant rien n'avait altéré son attitude à l'égard des problèmes sexuels. Pour lui, ils étaient à la fois obscènes et tabous. La discussion entre Wexford et le médecin, leurs rires, le mettaient mal à l'aise. Il les interrompit avec brusquerie :

— A mon avis, cette question n'a absolument rien à voir avec le meurtre de Rhoda Comfrey.

— C'est fort possible, Mike. Ce n'est qu'un détail et nous ne savons toujours pas où elle habitait, ce qu'elle faisait et qui étaient ses amis. Enfin, j'espère que nous serons fixés demain.

— Que va-t-il se passer de spécial demain?

— Je pense que nous verrons ce fait divers de dixième ordre faire la une des journaux. J'ai été franc avec les journalistes et je leur ai fourni le genre de nouvelles qu'ils recherchent. A tout hasard je leur ai aussi remis cette photographie de Rhoda Comfrey jeune que nous avons trouvée chez son père. Je serais très surpris si, dès demain matin, nous n'avions pas des gros titres tels que « La femme assassinée menait une double vie » ou « Quel est le secret de la femme poignardée? ».

— Vous voulez dire que ses voisins, son patron ou le livreur de lait qui liront ces articles prendront contact avec nous?

Wexford acquiesça :

— Quelque chose comme ça. J'ai remis à la presse un numéro de téléphone pour que l'on nous appelle directement. Vous comprenez, ce voisin, ce patron ou ce livreur peut avoir appris sa mort sans deviner que nous ignorons toujours son adresse.

Le médecin se leva pour commander une autre tournée :

— Nous allons avoir tous les cinglés de la création au téléphone dit Burden, tous les hommes dont les femmes ont disparu depuis 1956, tous les paranoïaques avides de sensations fortes.

— Cela nous aidera peut-être quand même. Il faudra séparer le bon grain de l'ivraie. Dieu sait que nous l'avons fait assez souvent.

Les journaux se surpassèrent. Comme toujours, ils allèrent beaucoup plus loin que Wexford ne l'avait prévu. Si la photographie, même retouchée, ne permettait guère de la reconnaître, il était certain que les articles devaient éveiller des souvenirs. Tout le passé de Rhoda Comfrey était étalé. Les circonstances de sa vie à Kingmarkham, son passage à la *Gazette,* les détails de la maladie de son père. Mrs. Parker et Mrs. Crown n'avaient pas été inutiles, après tout.

Dès neuf heures, le téléphone se mit à carillonner.

Le numéro personnel de Wexford avait sonné toute la nuit, mais ces appels provenaient de journalistes réclamant davantage de détails. Accessoirement, tous lui avaient assuré que Rhoda Comfrey n'avait pas travaillé parmi eux. Elle était inconnue dans Fleet Street, ce royaume de la presse écrite.

L'inspecteur-chef se rendit de bonne heure à son bureau et ordonna à Loring de prendre contact avec tous les journaux de Londres tandis qu'il attendait lui-même les appels spéciaux qui pouvaient paraître sérieux.

Naturellement, Burden avait raison. Tous les cinglés du pays appelèrent. Il y avait le « spiritualiste » dont la sœur était morte quinze ans plus tôt et dont Rhoda Comfrey, assurait-il, était la réincarnation, le fils que sa mère avait abandonné à l'âge de douze ans, le mari récemment sorti d'un asile psychiatrique, le devin qui proposait de dévoiler l'adresse de la morte par l'aura dégagée de ses vêtements.

Aucun de ces appels n'atteignit le sanctuaire de Wexford. Il prit la communication de George Rowlands, ex-directeur de la *Gazette* qui n'avait rien à lui apprendre, sinon que Rhoda avait été une excellente secrétaire avec des qualités pour devenir éditorialiste. Il écouta tous les appels bien intentionnés et apparemment raisonnables, mais la journée se passa sans que rien ne vint justifier son optimisme.

Le vendredi, jour de l'enquête, arriva. Il n'en sortit rien qu'un reproche à Brian Parker, d'un coroner peu sympathique. Ils étaient dans une cour de justice et non dans une école maternelle, déclara-t-il, s'arrangeant ainsi pour sous-entendre que le manque de preuves était dû à Parker qui n'aurait pas dû toucher aux vêtements de Rhoda Comfrey. L'enquête fut ajournée.

Des appels téléphoniques se poursuivirent sporadiquement jusqu'au samedi, mais pas une seule personne ne prétendit connaître Rhoda Comfrey de nom ou de vue. Aucun voisin ne se présenta. Aucun directeur de banque ne vint annoncer qu'elle avait un compte chez lui et aucun propriétaire qu'elle lui payait son loyer.

— Tout ceci est ridicule, grogna Wexford, dois-je en conclure qu'elle vivait sous une tente à Hyde Park?

Burden se tenait près de la fenêtre et regardait l'autobus de Stowerton s'arrêter pour laisser descendre une passagère.

— Naturellement cela signifie qu'elle vivait sous un autre nom. Quand les journaux ont parlé de sa vie secrète, j'ai pensé qu'ils publiaient leur habituelle histoire à scandale et que vous l'aviez délibérément suscitée.

— Je suscite des histoires à scandale? Merci beaucoup!

— Des histoires mélodramatiques, si vous préférez. Mais c'est vous qui aviez raison. Pourquoi se conduisait-elle ainsi?

— Pour les habituelles raisons mélodramatiques : elle ne voulait pas que les gens qui avaient connu Rhoda Comfrey apprennent ce qu'elle était devenue. Espionne, trafiquante de drogue, call-girl. Cela peut être n'importe laquelle de ces raisons.

— Est-ce que vous n'exagérez pas un peu? J'avoue que l'idée d'une call-girl m'a traversé l'esprit, mais n'était-elle pas trop âgée pour cela?... sans parler de son physique.

— Dans ce cas, elle serait la seule prostituée vierge de tout Londres! Un cas original! Ce serait un changement rafraîchissant par ces temps de mœurs dissolues. Je peux même y voir toutes sortes de possibilités passionnantes, mais je ne veux pas choquer vos chastes oreilles. Soyons réalistes.

— Je le suis toujours, protesta Burden d'un ton morose. Il s'assit et se pencha pour poser les coudes sur le bureau de Wexford : elle est morte depuis lundi soir. Nous sommes dimanche et nous ne savons toujours pas où et comment elle vivait. C'est sans espoir.

— Ce n'est pas être réaliste que de se montrer défaitiste. On ne peut la retrouver grâce à son nom et son signalement. Cherchons un autre moyen. Ce résultat négatif nous aura quand même appris quelque chose. Il prouve que son meurtre est lié avec son autre vie. Une double vie est presque toujours fondée sur quelque chose d'illicite ou d'illégal. Au cours de cette vie, elle a commis une action qui a donné à quelqu'un une raison de la tuer.

— Vous voulez dire que nous ne pouvons écarter cette vie secrète et nous concentrer uniquement sur les éléments concrets que nous possédons.

— Et quels sont ces éléments, je vous le demande? Pas d'arme du crime, pas de témoin, rien qui indique un mobile. Wexford hésita et ajouta : elle venait rarement ici, mais tout de même une ou deux fois par an. Les gens la connaissaient de vue et savaient qui elle était. Par conséquent, je ne crois pas que nous nous trouvions devant le cas d'une personne retournant au pays natal après une longue absence et qui est reconnue — disons la chose de façon mélodramatique — par un vieil ennemi qui se venge. D'un autre côté, sa vie réelle, ses intérêts, son travail, n'étaient pas ici. Tout cela, elle l'avait laissé à Londres.

— Vous ne pensez pas que les circonstances désignent une connaissance locale?

— Non. Je pense que son assassin savait qu'elle venait

voir son père et l'a suivie, peut-être pas dans l'intention de la tuer. Il — ou elle — venait de Londres et l'a connue dans son autre vie. Aussi pouvons-nous écarter tout criminel local. Nous devons essayer de découvrir ce qu'était cette vie de Londres et j'ai une idée pour y parvenir. Grâce à ce portefeuille de crocodile qui se trouvait dans son sac.

— Je vous écoute, dit Burden en poussant un soupir.

— Le voici, reprit Wexford en sortant le portefeuille de son tiroir. Voyez, le nom qui est imprimé à l'intérieur : Silk & Whitebeam.

— Je regrette, cela ne me dit rien du tout.

— Il s'agit d'un magasin très chic de Jermyn Street. Ce portefeuille est neuf. Il existe une chance pour que le vendeur se rappelle à qui il l'a vendu, aussi vais-je leur dépêcher Loring dès demain matin. L'anniversaire de Rhoda Comfrey tombait la semaine dernière. Si elle ne l'a pas achetée elle-même, il se peut que quelqu'un le lui ait offert.

— Mais c'est un portefeuille d'homme!

— De nos jours, il ne faut plus s'étonner de rien! *Sic transit gloria mundi.*

— *Sic transit gloria lundi,* si vous permettez.

Wexford éclata de rire. Son subordonné pouvait encore le surprendre.

CHAPITRE VI

Dès qu'il entra dans la maison, Dora sortit de la cuisine. Elle lui fit signe de venir la rejoindre et ferma la porte.

— Sylvia est là.

Il n'y avait rien de particulièrement étonnant à ce qu'une fille mariée rendît visite à sa mère un dimanche après-midi.

— Eh bien, pourquoi pas? Que veux-tu dire?

— Elle a quitté Neil. Elle est partie après le déjeuner pour venir ici.

— Prétends-tu sérieusement qu'elle a *quitté son mari* pour retourner chez sa mère? Je ne peux le croire!

— C'est pourtant vrai, chéri. Apparemment, ils n'ont cessé de se disputer depuis mercredi soir. Il lui avait promis de l'emmener passer une semaine à Paris en septembre. La sœur de Neil devait garder les enfants et maintenant il affirme qu'il est obligé d'aller en Suède pour affaires. Bref, Sylvia jure qu'elle ne peut plus supporter de rester toute la journée avec les enfants sans trêve ni répit. Elle a exigé de prendre une jeune fille pour s'occuper des enfants afin de pouvoir sortir et suivre des cours. Alors Neil lui a déclaré — et je suppose qu'elle exagère un peu — qu'il ne voulait pas payer une étrangère pour faire le travail de sa femme. Il assure que les cours ne lui serviront à rien, car elle ne trouvera pas d'emploi.

Tout cela a amené une large analyse de leur mariage, du rôle que les hommes font jouer aux femmes qui sacrifient leur vie. Tu vois ça d'ici! Finalement, elle lui a déclaré ce matin que si elle n'était qu'une bonne d'enfants et une femme de ménage, elle préférait l'être chez ses parents.

— Où est-elle?

— Au salon. Robin et Ben sont dans le jardin. Je ne sais pas s'ils se rendent compte de la situation. Chéri, ne sois pas trop dur avec elle!

— Quand ai-je jamais été dur avec mes enfants? Je ne l'ai pas été assez. Mes filles ont toujours fait ce qu'elles ont voulu. Je n'aurais pas dû permettre à Sylvia de se marier à dix-huit ans.

Elle se tenait debout, le dos tourné et sursauta en l'entendant entrer.

— Bonjour Papa.

— C'est une vilaine histoire, Sylvia.

Wexford aimait tendrement ses deux filles, mais Sheila, la plus jeune, était sa préférée. Après des débuts difficiles, Sheila réussissait sa carrière de comédienne. Elle avait dû lutter, mais elle était restée douce et gentille. Physiquement, elle lui ressemblait beaucoup, bien qu'il fût plutôt laid et qu'elle fût très jolie. Sylvia tenait de sa grand-mère maternelle ses traits classiques et une beauté froide de Junon. Elle avait mené une existence protégée dans la ville où elle était née. Alors que Sheila lui sautait au cou en l'appelant « Mon petit papa chéri », Sylvia le regardait avec un calme tragique, son bras marmoréen posé sur la cheminée.

— Je sais que je ne suis pas la bienvenue ici, Papa, mais je ne savais où aller. Je ne te dérangerai pas longtemps. Je vais chercher du travail et un endroit pour vivre avec les enfants.

— Ne me parle pas ainsi, je t'en prie, Sylvia. Tu es ici chez toi. Qu'ai-je pu dire pour te faire penser autrement?

Elle ne bougea pas. Deux grosses larmes roulèrent sur ses joues. Son père s'approcha et la prit dans ses bras en se demandant depuis combien de temps il ne l'avait pas fait? Des années avant son mariage certainement. Enfin, elle répondit à son étreinte. Il la laissa sangloter sur son épaule, en murmurant à cette jeune déesse mesurant un mètre soixante-dix, les mêmes paroles qu'il avait employées, vingt ans plus tôt, quand elle était tombée et s'était égratignée le genou.

D'autres résultats négatifs l'attendaient le lundi matin. Des appels téléphoniques continuaient d'affluer. Aucun journal du pays ne connaissait Rhoda Comfrey soit comme employée, soit comme éditorialiste. Aucune agence de presse, aucun magazine, n'avaient jamais entendu parler d'elle et elle ne faisait pas partie du syndicat de la presse.

Le détective-constable Loring était parti pour Londres par un train matinal avec mission de se rendre à la boutique de Jermyn Street. Wexford regrettait maintenant de ne pas y être allé lui-même car son inactivité forcée le rendait irritable et la situation au sein de sa famille n'arrangeait pas son humeur. Il éprouvait pour Sylvia de la tendresse, mais peu de sympathie. On avait raconté aux enfants que leur père était parti en voyage. Ben acceptait cette explication sans difficulté. En revanche, Robin était assez grand pour avoir été affecté par les querelles de ses parents. Il comprenait que, sans lui et son frère, leurs parents auraient mené une vie plus agréable. Le petit garçon présentait un air soucieux. Ce maudit rat d'eau aurait pu offrir une diversion salutaire, mais il ne se montrait toujours pas.

Neil n'était pas venu. Wexford était persuadé que son gendre se présenterait, au moins pour se plaindre et reprendre la discussion, mais il n'avait même pas téléphoné et Sylvia, qui avait assuré qu'elle ne voulait plus le voir, commençait à lui reprocher son absence. Puis elle avait harangué ses parents, leur reprochant de l'avoir laissée se marier aussi jeune. Wexford avait passé une mauvaise nuit. Dora n'avait presque pas dormi et, dès les premières lueurs du jour, Sylvia avait arpenté sa chambre dans tous les sens, réveillant toute la maison.

Loring revint à midi et Wexford regretta, avec mauvaise foi, qu'il ne se fût pas attardé davantage pour avoir une raison de déverser sa bile sur lui.

— Vous êtes-vous bien amusé? demanda-t-il avec aigreur.

— D'une certaine façon, monsieur. Ils ont reconnu le portefeuille. C'était le dernier d'un modèle qu'ils ne font plus. Le client l'a acheté le quatre août.

— Le client?

— Ce n'était pas Rhoda Comfrey, mais un homme appelé Grenville West, un client attitré de Silk & Whitebeam. Ils le connaissent parfaitement.

— Avez-vous son adresse?

— 22, Elm Green, Londres Ouest 15, dit Loring.

Sans être un grand expert de la capitale, Wexford connaissait néanmoins la topographie du quartier de Kenbourne. Il revoyait Elm Green, qui se trouvait à quatre cents mètres du grand cimetière, et le demi acre de pelouses plantées d'ormes séculaires, bordées sur deux côtés par des barrières blanches avec, en face, la rangée de maisons géorgiennes, dont le rez-de-chaussée de certaines avait été converti en boutique. Un quartier agréable et verdoyant que l'on pouvait qualifier de résidentiel.

C'était une chance que cette relation de Rhoda Comfrey — un ami, certainement — ait pu être localisé. Au surplus, Wexford bénéficierait d'une aide inconditionnelle, car son neveu, fils de sa sœur aujourd'hui décédée, était le chef de la C.I.D. de Kenbourne Vale. Que le superintendent Howard Fortune fût, présentement, en vacances aux Iles Canaries était regrettable, mais plusieurs officiers de l'équipe d'Howard connaissaient Wexford et se montreraient amicaux.

A deux heures, Stevens, le chauffeur de la police, l'emmena en direction de Londres. Au cours du trajet, Wexford se détendit, sa confiance revenait. Il repoussa Sylvia et ses problèmes au fond de son esprit et se sentit stimulé par les perspectives qui s'ouvraient devant lui.

Il entra au poste de police de Kenbourne Vale.

— L'inspecteur Baker est-il là?

C'était vraiment drôle! Si quelqu'un lui avait dit, il y avait quelques années, qu'un jour viendrait où il demanderait à voir l'inspecteur Baker et attendrait d'être reçu, il aurait ri. Car Baker avait été loin d'être aimable avec lui quand, relevant d'une thrombose coronnaire, il était venu passer sa convalescence chez Howard et Denise et avait aidé à résoudre le meurtre du cimetière. Howard aurait, du reste, refusé le mot « aide » et aurait déclaré que son oncle avait résolu l'affaire tout seul. Cette enquête avait marqué le début du respect et de l'amitié de Baker. Après cela, il n'y avait plus eu de réflexions désobligeantes au sujet de ces policiers de la campagne et de leur ignorance des bandits de Londres.

Quelques minutes plus tard, il fut introduit dans le bureau de l'inspecteur. Baker se leva la main tendue :

— Quelle bonne surprise, Reg!

Il y avait près de deux ans que Wexford ne l'avait vu. Depuis lors, il s'était produit de remarquables changements, et pas seulement dans les manières de l'homme à son endroit. Il paraissait plus jeune et plus heureux. Seule sa voix rauque, avec son léger accent cockney, restait la même.

— Je suis heureux de vous voir, Michael. — Baker portait le même prénom que Burden, et naguère, cela l'avait irrité. — Comment allez-vous? Je vous trouve en pleine forme. Qu'y a-t-il de neuf?

— Eh bien, vous savez que Mr. Fortune est à Teneriffe. Tout est assez tranquille ici, Dieu merci. Votre vieil ami, le sergent Clements doit traîner par là, il sera content de vous voir. Asseyez-vous je vais faire porter du thé.

Wexford remarqua la photographie encadrée d'une jeune femme blonde au visage très doux, posée sur le bureau. Baker suivit le regard de l'inspecteur.

— Ma femme, déclara-t-il avec fierté. Après une courte hésitation, il ajouta : je ne sais pas si Mr. Fortune vous a appris que j'étais remarié?

Bien sûr, Howard lui en avait parlé, mais il l'avait oublié. Les nouvelles manières s'expliquaient ainsi. Michael Baker avait été marié avec une femme qui s'était trouvée enceinte d'un autre homme. Elle avait quitté son mari pour suivre son amant. Lorsqu'il avait découvert cela, Wexford s'était montré plus tolérant envers l'attitude brusque et le manque de coopération de Baker.

— Félicitations. Je suis enchanté.

— Eh bien... je suppose que vous n'êtes pas venu pour me parler de mes félicités conjugales. Vous êtes là pour cette Rose... Non, Rhoda Comfrey, n'est-ce pas?

— La connaissez-vous? demanda Wexford avec espoir.

— N'aurais-je pas pris contact avec vous dans ce cas? Non, je sais seulement ce que j'ai lu dans les journaux. Je suppose que vous n'avez pas d'autre souci en ce moment.

Sylvia... Sylvia...

— Non, pas grand-chose, en effet.

Le thé arriva et Wexford parla de ce portefeuille de Grenville West. Baker le connaissait-il?

— Affirmer que je le connais serait beaucoup dire. Il représente, si vous voulez, notre célébrité locale. On parle de lui de temps à autre dans les journaux. Allons, Reg, je vous ai toujours considéré comme un intellectuel, ne me racontez pas que vous n'avez jamais entendu parler de lui!

— Eh bien, si. Que fait-il?

— Je constate avec surprise qu'il est moins connu que je ne l'imaginais! Grenville West écrit des livres, des romans historiques. Je ne l'ai jamais rencontré, mais j'ai lu un de ses livres. Je l'ai trouvé un peu intellectuel pour moi et je ne peux que vous répéter ce que j'ai pu glâner dans la presse. Il a une quarantaine d'année. Il est brun et il fume la pipe. Il y avait sa photographie sur la jaquette de son livre. Il habite dans un appartement d'une de ces vieilles maisons en face Elm Green, au-dessus d'un bar.

Ayant courtoisement refusé l'assistance de Baker et promis de revenir plus tard, Wexford partit pour Kenbourne High Street. La chaleur, qui avait été agréable à la campagne, transformait ce quartier de Londres en étuve. Une brume grisâtre voilait le soleil. Il se demanda pourquoi Elm Green lui sembla différent, à la fois plus nu et plus grand. Puis il remarqua les emplacements laissés vides par les arbres. Une maladie avait frappé les ormes et dénudé aussi bien Londres que la campagne.

Il traversa la pelouse où des enfants noirs et un blanc jouaient au ballon. Devant lui marchaient deux Indiennes en saris, leurs cheveux noirs tirés. Elles avançaient lentement et avec grâce, comme si elles portaient d'invisibles charges sur la tête.

Le bar avait été décoré avec discrétion pour ne pas dégrader la façade élégante de la maison. Au-dessus d'une fenêtre on lisait l'enseigne : *Le vignoble de Vivian.* Un volubilis grimpait contre la maison et contournait la porte du bar de ses grappes fleuries. On aurait pu se trouver dans un coin de Chelsea ou tout autre banlieue résidentielle. Il suffisait de ne pas regarder vers le sud en direction de l'usine à gaz. En oubliant l'odeur de mazout, on pouvait même se croire à Kingmarkham.

Il frappa à plusieurs reprises à la porte. Personne ne répondit. Grenville West était sorti. Que faire? Il était près de cinq heures et, selon le panonceau posé sur la porte du bar, celui-ci ouvrait à cinq heures. Il s'assit sur l'un des bancs de Elm Green et attendit.

Au bout d'un moment, une jeune métisse, de type négroïde, sortit, regarda dans la rue et retourna le panonceau qui indiqua que le bar était ouvert.

Wexford se leva et entra. Il se trouva dans une sorte de caverne éclairée seulement par une lampe au-dessus du bar et par quelques lampes faites dans des bouteilles de Chianti disposées sur les tables. Les rideaux brun et argent étaient tirés. Assise sur un haut tabouret, la jeune métisse feuilletait un magazine.

Il commanda un verre de vin blanc et demanda si le directeur ou le propriétaire était là.

— Désirez-vous voir Vic?

— Oui, si c'est le patron.

— Je vais le chercher.

Elle revint avec un homme d'une quarantaine d'année à l'air jovial, vêtu d'une chemise à fleurs.

— Victor Vivian, que puis-je pour vous?

Wexford présenta sa carte et expliqua le motif de sa visite. Vivian parut amusé par cet événement inattendu, alors que la jeune noire ouvrait de grands yeux.

— Glen est en France, déclara Vivian, il est parti le dimanche de la semaine dernière. Il va toujours passer un mois sur la Côte d'Azur à cette époque de l'année.

— Êtes-vous propriétaire de la maison?

— Non. Le propriétaire est la Société Notbourne. J'ai un bail.

— Connaissez-vous bien Mr. West?

— Gren et moi sommes de vieux copains. Il habite là depuis quatorze ans et c'est un bon locataire. Je veux dire qu'il fait toutes les réparations à ses frais et pour moi, c'est pratique d'avoir quelqu'un dans la maison quand le bar est fermé. Il vient boire un verre presque tous les soirs et quelquefois il m'invite chez lui.

Wexford coupa court à ce flot de paroles :

— Je ne suis pas intéressé par Mr. West en particulier. J'essaie de retrouver l'adresse d'une personne qui doit être une de ses amies. Avez-vous entendu parler du meurtre de Miss Rhoda Comfrey?

Vivian émit un long sifflement :

— Vous voulez parler de cette vieille fille qui a été poignardée? Si vous pensez que c'est une amie de Gren, permettez-moi d'en douter. Elle avait cinquante ans, n'est-ce pas? Gren n'a pas quarante ans. Il doit avoir trente-huit ou trente-neuf ans. Il est plus jeune que moi.

— Je ne suggérais pas qu'il y ait des relations amoureuses entre eux, Mr. Vivian. Ils pouvaient être simplement des amis.

Cette possibilité dépassait visiblement la compréhension de Vivian et il l'écarta.

— Glen a une petite amie. Une jeunesse qui adore le

sol sur lequel il marche. Mais ce vieux Glen est un malin. Il la tient à distance. Il doit craindre qu'elle ne lui mette le grappin dessus pour se faire épouser. Elle s'appelle Polly. C'est une blonde de vingt-quatre ou vingt-cinq ans. Elle lui sert de dactylo et, en ce moment, elle erre comme une âme en peine. Puis-je vous offrir un autre verre?

— Non merci. Sortant la photographie et le portefeuille de sa poche, il demanda : Avez-vous déjà vu cette femme? Cette photo a été prise il y a longtemps. Elle a beaucoup changé depuis.

Vivian secoua la tête :

— Je ne l'ai jamais vue ici ou avec Gren. Cependant, c'est curieux, son visage me paraît familier... Je ne peux dire en quoi. Cela me reviendra peut-être.

Comme l'espoir de Wexford s'éveillait, Vivian l'éteignit aussitôt :

— Est-ce que cette photographie n'aurait pas paru dans un journal où j'aurais pu la voir?

— C'est possible.

Deux clients entrèrent dans le bar, apportant un bref rayon de soleil en ouvrant la porte. Vivian les salua de la main et se retourna vers Wexford.

— Hé! N'est-ce pas le portefeuille de ce vieux Gren?

Il parut surpris quand Wexford acquiesça.

— Attendez une minute! Gren en a un semblable, mais il n'est pas aussi neuf que celui-là!

Et il l'a emporté avec lui en France, songea Wexford. Il progressait lentement.

— Cette femme vivait certainement sous un autre nom, Mr. Vivian. Oubliez le visage et le nom. Est-ce que Mr. West vous a jamais parlé d'une amie qui aurait été plus âgée que lui?

— Il y a son agent littéraire... j'ai oublié son nom, mais elle est mariée, ce ne peut être elle.

— Connaissez-vous l'adresse de Mr. West en France?

— Non, il voyageait dans le midi, c'est tout ce que je peux vous dire. Pour en revenir à cette femme, j'ai beau me creuser les méninges, je ne vois personne. Dans mon métier, vous savez ce qu'il en est : les gens bavardent. Ce cher Gren sort beaucoup. Il adore marcher, boire un verre de bière, se promener dans Soho la nuit. Rien de désobligeant là-dedans. Il a des copains avec qui il vide un verre. Il a pu leur parler d'une femme, mais je n'ai pas la moindre idée où elle vit et quel est son nom. Je suis navré de ne pouvoir vous aider davantage.

CHAPITRE VII

— Vous n'avez pas de veine, dit Baker en servant une tasse de thé. Voici ce que je vous propose : un de mes hommes va éplucher l'annuaire de Kenbourne par rues. Si West la connaissait, elle vivait probablement près de chez lui.

— Pas sous le nom de Rhoda Comfrey, mais c'est aimable à vous de l'avoir offert, Michael.

Stevens l'attendait dans la voiture. Ils n'eurent pas à rouler longtemps dans High Street. Dès que Wexford aperçut la bibliothèque municipale, il se fit arrêter. Elle fermait sans doute à six heures et dans ce cas, il ne disposait que d'un quart d'heure.

Dans la cour intérieure se dressait une statue en bronze d'un homme portant un costume du milieu du XIXe siècle. « Edward Edwards », pouvait-on lire sur une plaque, sans autre commentaire, comme si ce nom était aussi connu que celui de la Reine Victoria ou de Gladstone. Wexford ne perdit pas son temps en conjectures et entra dans la bibliothèque.

Dans la section « Romans », il trouva ce qu'il cherchait entre Rebecca (West) et Morris (West) : trois romans de Grenville West : *Tuée par la bonté, La courtisane vénitienne* et *Bon vent pour Alicante.* Les trois livres étaient marqués d'un H signifiant qu'il s'agissait d'un roman historique. Il prit le premier volume pour lire le commentaire de l'éditeur :

« Une fois de plus, Mr. West nous étonne par sa virtuosité à dépeindre des personnages et une intrigue de l'époque élisabéthaine. L'héroïne de ce livre est Mistress Nan Frankford. Son mari, qui l'a surprise, séduite par son ami le plus intime, lui pardonne sa faute au lieu de la punir. Séparée de lui et de ses enfants, elle s'étiole, languit et meurt accablée de remords. On peut juger cette bonté plus impitoyable que la sévérité, mais il se dégage de cette émouvante tragédie une mélancolie profonde et des préoccupations psychologiques exceptionnelles pour l'époque. Mr. West suit de près l'intrigue de Heywood, mais nous brosse ce que le dramaturge n'avait pas à montrer à ses contemporains : une vivante image de la vie domestique à la fin du XVIe siècle en Angleterre avec ses passions, ses cruautés, ses conventions et ses coutumes. Un monde différent nous est ouvert et nous comprenons vite que nous sommes guidés dans ces manoirs, ces jardins fleuris et cette campagne pastorale par un maître en la matière. »

Hum! pensa Wexford, ce n'était guère pour lui. Si *Tuée par la bonté* portait presque le même titre que la pièce de Heywood, *La courtisane vénitienne* était probablement tirée du *Diable blanc* de Webster. Quant à *Bon vent pour Alicante...* Wexford jeta un rapide coup d'œil sur la jaquette et vit que l'histoire était tirée d'une pièce intitulée *Le défi* de Middleton et Rowley.

C'était là une bonne idée pour ceux qui aimaient ce genre de littérature romanesque. Il ne semblait pas que l'auteur s'encombrât de beaucoup de dissertations intellectuelles. Il s'en tenait plutôt à des histoires de capes et d'épées qui avaient l'heur de plaire au public. Il existait de nombreuses pièces de l'époque élisabéthaine et post-élisabéthaine, des centaines probablement et West pourrait continuer sa lancée jusqu'à plus de soixante-dix ans.

Tuée par la bonté avait été publiée trois ans plus tôt. Il retourna le livre. Sur le dos de la jaquette se trouvait un portrait de Grenville West, vêtu de tweed, une pipe à la bouche. Il portait des lunettes et avait une épaisse mèche de cheveux bruns sur le front. Le visage n'était pas particulièrement intéressant, mais grâce à des effets de lumière, le photographe en avait tiré le maximum. Sous la photographie, il lut quelques lignes de biographie.

« Grenville West est né à Londres. Titulaire d'une licence d'histoire, il a exercé divers métiers, allant de l'enseignement au journaliste, avec de courtes périodes comme barman et antiquaire, avant de devenir écrivain. Douze années se sont écoulées depuis la publication de son premier roman Sa Grâce d'Amalfi, *durant lesquelles il a enchanté ses lecteurs par neuf autres romans dont plusieurs ont été traduits en français, allemand et italien. Ses livres sont également publiés aux États-Unis et sortent régulièrement en livres de poche.* Singes en enfer *a donné lieu à une dramatique pour la télévision et* La vie de Arden *a fait l'objet d'un feuilleton très populaire à la radio.*

Très francophile, Mr. West passa la plupart de ses vacances en France. Il possède une voiture française et aime particulièrement la cuisine française. Agé de trente-cinq ans, il habite Londres et n'est pas marié. »

A première vue, cet homme ne paraissait pas avoir grand chose en commun avec Rhoda Comfrey, mais que savait-on d'elle? Peut-être était-elle francophile, elle aussi? Mrs. Parker avait dit à Wexford que dans sa jeunesse Rhoda avait appris le français et on avait la preuve qu'elle désirait écrire et s'était essayée dans le journalisme. Il était possible que West l'ait rencontrée dans une de ces réunions littéraires fondées par des amateurs qui aspirent à faire publier leurs œuvres.

La bibliothèque était sur le point de fermer. Wexford sortit, adressa une grimace à Edward Edwards qui le toisait d'un air dédaigneux. Stevens l'attendait sur le trottoir, ensemble ils gagnèrent la voiture qui était garée beaucoup plus loin.

Wexford avait noté le nom de l'éditeur de West : Carlyon Brent. Que tirerait-il de lui? Il avait l'impression que cet éditeur se montrerait discret.

— De toute façon, je ne vois pas ce que vous espérez apprendre, lui dit Burden le lendemain matin, il est peu vraisemblable que West ait fait des confidences à son éditeur sur une personne à qui il comptait offrir un cadeau d'anniversaire.

— Je pense à cette fille nommée Polly, dit Wexford, si elle fait des travaux de dactylographie à l'appartement de West, comme il semble que ce soit le cas, elle répond peut-être aussi au téléphone. Une sorte de secrétaire, en somme. Dans ce cas, son éditeur connaît peut-être son nom et il est possible que cette fille ait entendu parler de Rhoda Comfrey.

Les bureaux de l'éditeur se trouvaient à Russel Square. Il composa le numéro et fut mis en communication avec un certain Oliver Hampton. Celui-ci écouta l'explication embarrassée de Wexford sans l'interrompre. Quand il eut terminé, il répondit avec froideur :

— Je ne peux donner des informations de cette nature sur aucun de mes auteurs.

Les informations « de cette nature » consistaient simplement à une adresse où l'on pourrait écrire à West ou, à défaut, le nom de sa secrétaire.

Après quelques propos aigres-doux, Mr. Hampton consentit, de très mauvaise grâce, à lui communiquer le numéro de téléphone de l'agent littéraire de West.

Mrs. Brenda Nunn, de l'agence Filed & Bray. Ce devait être la femme d'un certain âge dont avait parlé Vivian. Elle se montra plus loquace et moins soupçonneuse que l'éditeur.

— Je regrette de ne pouvoir vous aider. Je n'ai pas l'adresse de Mr. West en France et je n'ai jamais entendu parler de Rhoda Comfrey avant de lire ces articles à son sujet dans les journaux. En revanche, je connais le nom de la jeune fille qui travaille pour lui. Elle s'appelle Polly Flinders.

— Polly Flinders?

— En réalité, elle se prénomme Pauline, mais Grenville, c'est-à-dire, Mr. West, l'appelle toujours Polly. Je ne connais pas son adresse.

Wexford appela alors Baker. Une recherche dans les listes électorales de Kenbourne Vale n'avait apporté aucune lumière sur le nom de Comfrey. Pouvait-il, néanmoins, utiliser le même procédé pour rechercher une Miss Pauline Flinders? Baker se montra empressé. Il ajouta même qu'il enverrait un de ses hommes faire une enquête auprès des commerçants et des voisins de West.

— Tout cela est bien vague, dit le Dr Crocker en venant rejoindre Burden et Westford au *Carousel* pour déjeuner. Même si cette demoiselle Comfrey portait un autre nom à Londres, la secrétaire l'aurait reconnue d'après le signalement paru dans les journaux. Même ancienne, la photographie lui aurait rappelé quelque chose, elle aurait pris contact avec vous, elle doit avoir lu vos appels.

— Si elle ne l'a pas fait, c'est peut-être parce qu'elle a quelque chose à cacher.

— Il me semble plutôt qu'elle ne la connaît pas, dit Burden.

En attendant des nouvelles de Baker, Wexford s'efforça d'échafauder une hypothèse plausible. Rhoda Comfrey qui, pour une raison inconnue se faisait appeler d'un autre nom à Londres, avait été une admiratrice de Grenville West et était devenue une amie. Elle lui rendait peut-être certains services en relation avec son métier. — Pourquoi ne dirigerait-elle pas une agence de photocopies? — Par gratitude, il lui avait offert un cadeau pour son anniversaire. Après tout, selon la vieille Mrs. Parker, elle avait eu cinquante ans le cinq août. Dans certains pays, le cinquantième anniversaire est une date de grande signification. Il avait acheté le portefeuille le quatre pour le lui offrir le cinq. Il était parti en voyage le sept, alors qu'elle était allée à Kingsmarkham le huit. Tous ces beaux raisonnements ne l'aidaient pas à découvrir l'identité du meurtrier, pensa-t-il avec amertume.

Il en était là de ses réflexions quand le téléphonne sonna :

— Nous avons trouvé la secrétaire, annonça Baker, ou plus exactement, nous avons son adresse. Elle habite au 15, All Souls Glove, appartement n° 1 à West Kenbourne. Malina Patel et Pauline Flinders. Elle partage, sans doute, le logement avec une amie. Elles n'ont pas le téléphone, aussi ai-je envoyé Dinehart. La voisine du dessus prétend que votre Miss Flinders rentre habituellement vers quatre heures et demie. Voulez-vous que nous allions la voir?

— Non, merci; Michael, je préfère y aller moi-même.

Le bonheur conjugal ne semblait pas avoir complètement guéri Baker, il restait susceptible.

— Comme vous voudrez, répondit-il sèchement. Savez-vous comment vous rendre à All Souls Grove? En sortant de la station de métro de Kenbourne Lane, tournez à droite dans Magdalen Hill et à droite encore dans Balliol Street, c'est la deuxième rue à gauche après Oriel Mews.

Négligeant de répondre qu'étant donné son rang, il disposait d'une voiture et d'un chauffeur, Wexford le remercia avec chaleur.

A plusieurs reprises, Wexford avait été amené à se demander pourquoi une femme laide choisit souvent de vivre ou de partager l'appartement d'une jolie femme. Le choix n'y était peut-être pour rien. La décision venait sans doute de la jolie femme qui était heureuse de trouver un repoussoir.

Dans ce cas précis, le contraste était frappant. La beauté lui ouvrit la porte. Une beauté en sari vert cru, garni de sequins dorés, avec des mains d'une finesse rarement égalée chez une femme occidentale. Le visage était exquis. Le teint délicat était mis en valeur par de longs cheveux noirs.

— Miss Patel?

Elle acquiesça et hocha la tête avec philosophie quand il exhiba sa carte qu'elle examina avec attention.

— Je voudrais voir Miss Flinders.

Situé au rez-de-chaussée, l'appartement avait l'aspect habituel des meublés. Grandes pièces divisées par des cloisons légères. Meubles disparates, désordre féminin. Vêtements répandus un peu partout sur les meubles, journaux, posters épinglés aux murs. Ceintures et foulards suspendus aux poignées de porte, chandelles à demi consumées dans des soucoupes. La seconde jeune fille, celle qu'il était venu voir, leva lentement la tête de sa machine à écrire. A portée de sa main, un cendrier était rempli de mégots.

Elle avait les pieds nus sous sa longue robe de coton. De beaux pieds, longs et blancs. Peut-être n'aurait-elle pas été si mal que ça, si Wexford n'avait vu d'abord Malina Patel. Non, elle n'aurait pas été mal, si elle ne s'était tenue voûtée, probablement pour paraître moins grande, et si son sourire n'avait découvert deux incisives proéminentes sur sa machoire supérieure. Bizarre de ne pas remédier à cette disgrâce, pensa Wexford, chez une fille de cet âge à un siècle où les dentiste réalisent des miracles.

Elle se leva pour l'accueillir avec un air grave et épuisé. Malina Patel se retira silencieusement sans avoir prononcé un seul mot. Il plongea immédiatement dans le vif du sujet :

— Vous lisez sans doute les journaux, Miss Flinders, et vous avez dû entendre parler du meurtre de Miss Rhonda Comfrey. Cette photographie a paru dans la presse. Imaginez cette personne avec vingt ans de plus et sous un autre nom.

Elle examina la photographie tandis qu'il la surveillait attentivement. Elle garda une expression impassible, presque bovine.

— Pensez-vous l'avoir jamais vue, par exemple, en compagnie de Grenville West?

Son visage s'empourpra. En parlant d'elle, Victor Vivian avait déclaré que c'était « une blonde » et le qualificatif évoquait une beauté féminine, du type Marilyn Monroe. Pauline Flinders n'était pas du tout ainsi. Sa blondeur n'était qu'une absence de couleur. Les yeux d'un gris pâle, un teint blafard, les cheveux presque blancs. Sa brusque rougeur lui faisait des plaques sous la peau et Wexford supposa que cette émotion était provoquée par la mention de l'homme qu'elle aimait et non par un sentiment de culpabilité.

— Je ne l'ai jamais vue, affirma-t-elle enfin. Qu'est-ce qui vous fait penser que Grenville la connaissait?

Il n'allait pas lui répondre tout de suite à cette question. Elle continuait à regarder la porte, comme si elle craignait que l'autre jeune fille ne revint. Son amie la taquinait-elle sur ses sentiments pour le romancier?

— Je crois comprendre que vous êtes la secrétaire de Mr. West.

— Il y a deux ans, j'ai fait paraître une annonce dans le journal local pour demander des travaux de dactylographie. Mr. West m'a confié un manuscrit. Il a été satisfait de mon travail et il m'a engagée à mi-temps.

Elle avait une façon de parler sans grâce avec une voix sourde et monocorde.

— Par conséquent, vous répondez également au téléphone et rencontrez ses amis. N'y a-t-il personne parmi ses relations qui ait pu être cette femme?

— Oh! non, dit-elle avec assurance, personne. Grenville est en France, ajouta-t-elle, j'ai reçu une carte postale de lui.

Comment n'était-elle pas sur la cheminée? Tandis qu'elle la tirait de sous une pile de papiers près de sa machine à écrire, il pensa connaître la réponse : elle ne voulait pas que l'on plaisantât à ce sujet. La carte postale en couleurs représentait une vue d'Annecy. Le mot « Annecy » était lisible au milieu d'une oblitération assez brouillée. *Amical souvenir de France, Petite Polly Flinders. Le soleil, la bonne cuisine, le grand air, je n'ai pas envie de rentrer, mais je reviendrai quand même. Aussi, à bientôt. G. W.*

Caractéristique de ces intellectuels! Mais ce n'était sûrement pas les lignes d'un amant. Pourquoi les lui avait-elle montrées? Parce que c'était tout ce qu'elle possédait de lui? Il sortit le portefeuille et le posa près de la carte postale. Il aurait voulu qu'elle poussa un cri, qu'elle devint pâle et s'écriât Où avez-vous trouvé cela? afin de démolir cet édifice d'indifférence qu'elle semblait avoir si laborieusement construit. Elle se contenta de le regarder avec la même expression prudente.

— Avez-vous déjà vu ceci, Miss Flinders?

Elle prit le portefeuille et le retourna.

— Il ressemble à celui que Grenville a perdu.

— Perdu? répéta Wexford en écho.

Elle parut gagner un peu de confiance en elle et s'anima :

— Il revenait de West End et en arrivant, il a déclaré qu'il avait perdu son portefeuille dans l'autobus. Ce doit être le jeudi ou le vendredi avant son départ. Où l'avez-vous trouvé?

— Dans le sac de Miss Rhoda Comfrey.

Ainsi, telle était la réponse à toutes ses questions! Il n'y avait ni lien, ni relations entre l'écrivain et Rhoda. Ce portefeuille de crocodile n'était pas un cadeau d'anniversaire. Elle l'avait trouvé dans l'autobus et gardé.

— Mr. West n'a-t-il pas signalé qu'il l'avait perdu?

Lorsqu'elle était silencieuse, elle essayait de couvrir ses dents proéminentes en allongeant sa lèvre supérieuse et quand elle parlait, cela la faisait un peu zézayer.

— Il m'a demandé de m'en occuper, mais je n'en ai rien fait. Je n'ai pas oublié, mais quelqu'un m'a raconté que la police n'aimait pas que l'on signale la perte d'objet. Cela donne lieu à trop de paperasserie pour un piètre résultat.

Il la crut sans peine. Les policiers ne sont pas des anges.

Ayant remercié Pauline Flinders, il sortit dans le hall de la maison. La porte de l'appartement s'ouvrit et Malina Patel se dressa devant lui.

Son accent, aussi anglais et correct que celui de sa Sheila, le surprit presque autant que sa déclaration :

— Polly était avec moi toute la soirée du huit. Elle m'a aidée à faire une robe. C'est elle qui l'a coupée.

Son sourire était malicieux et ses dents parfaites.

— Vous êtes un détective, n'est-ce pas?

— C'est exact.

— Quel drôle de métier! Je n'ai jamais vu de détective autrement qu'à la télévision — elle en parlait comme s'il s'agissait d'un animal rare ou en voie de disparition — les gens vous offrent-ils beaucoup d'argent? « Voici cinquante mille dollars pour retrouver ma fille, elle est tout au monde pour moi. »

— Hélas non, Miss Patel.

Il aurait juré qu'elle se moquait de la naïveté de son amie. Le joli visage prit une expression candide et elle palpita des paupières.

— Quand je vous ai ouvert la porte, je vous ai pris pour un huissier. Il en est venu un, une fois où nous n'avions pas réglé le loyer en temps voulu.

CHAPITRE VIII

Soirée étouffante à Kenbourne Vale tandis qu'un soleil rouge déclinait. Un parfum de cumin, venant de chez Kemal Kebab, se mêlait à l'odeur de bière et de sueur du pub *Waterlily*. Tous les établissements où l'on pouvait boire ou manger avaient leurs portes ouvertes. Des enfants de tous âges, de toutes couleurs, race pure et race mêlée, étaient assis sur le trottoir ou criculaient à bicyclette ou tricycles sur la chaussée. Une femme, ivre ou simplement vieille et malade, était assise à l'entrée d'une boutique de brocanteur et s'éventait avec un journal plié. Il n'y avait rien de vert ou de rafraîchaissant à la devanture du marchand de légumes, à part quelques laitues flétries.

Le seul bon résultat était qu'il ne devrait plus revenir à Kenbourne Vale. La piste avait tourné court. Assis dans la voiture qui le ramenait à Kingsmarkham, Wexford réfléchissait à l'affaire.

Tout d'abord, l'attitude de Malina Patel l'avait étonné. Pourquoi était-elle venue offrir spontanément un alibi à Polly Flinders. Parce qu'elle était taquine et cultivait l'humour? Tout ce qu'elle avait déclaré semblait calculé pour amuser. Ces réflexions sur les détectives à la télévision et les huissiers. Très drôle et charmante, cette jolie fille! Il n'était pas surprenant que Polly préférât cacher sa carte postale et redoutât que son amie n'entendit la conversation! Il imaginait les commentaires de la jeune indienne.

Mais, si elle n'avait pas écouté à la porte, comment diable avait-elle su pourquoi il était venu? Facile. La voisine du dessus l'avait prévenue. L'un des hommes de Baker était venu une première fois et avait laissé entendre que la police de Kingsmarkham désirait s'entretenir avec Polly et pourquoi. Malina avait lu les journaux et noté la date de la mort de Rhoda Comfrey. Il se souvenait avec quelle attention et quelle insistance elle avait examiné sa carte. Une jeune moqueuse qui jouait au détective et s'amusait à brouiller les pistes pour l'intriguer et taquiner son amie.

Enfin, c'était terminé maintenant. Rhoda Comfrey avait trouvé ce portefeuille dans l'autobus et Wexford se retrouvait à son point de départ.

Il arriva chez lui à neuf heures du soir. Dora était sortie, car elle devait garder les enfants de Burden. Sylvia n'était pas là et Robin se tenait au milieu de l'escalier en pyjama.

— Il fait trop chaud pour dormir. Tu n'es pas fatigué, n'est-ce pas, grand-père?

— Non, pas trop, dit Wexford qui l'était.

— Grany disait que tu le serais, mais je te connais. J'ai répondu à Grany que tu aurais besoin de prendre l'air.

— On respire mieux près de la rivière. Habille-toi vite et dis à Maman que nous allons faire un tour.

Le clair de lune brillait sur la prairie.

— Le crépuscule est le meilleur moment pour voir les rats d'eau, affirma Robin.

Le crépuscule... L'enfant paraissait savourer ce mot, il le répéta plusieurs fois en arrivant au bord de l'eau. Au-dessus du cours langoureux du Kingsbrook dansait une brume légère. Cependant la chaleur n'était pas oppressante. Après l'étuve de Londres, l'air semblait doux et rafraîchissant.

— Je crains que ce ne soit terminé pour ce soir, dit Wexford quand l'obscurité commença à les envahir.

Robin lui prit la main.

— Tant pis. Il vaut mieux rentrer, car papa doit venir.

Je croyais qu'il était en Suède, mais il n'y est pas allé. Je pense que nous rentrerons à la maison demain. Pas ce soir, car Ben dort.

Wexford ne sut que répondre. En entrant dans le hall, il entendit, derrière la porte fermée du salon, la voix contenue mais furieuse de sa fille et celle, plus grave de son gendre. Robin ne s'approcha pas de la porte. Il la regarda, détourna les yeux et se frotta le nez de son poing fermé.

— Je vais t'accompagner jusqu'à ton lit, dit son grand-père en le prenant dans ses bras avec plus de tendresse que d'habitude.

Dans la matinée, on téléphona de l'hôpital de Stowerton pour annoncer que Mr. James Comfrey était décédé au cours de la nuit et pour demander, sa fille étant morte, avec qui on devait prendre contact.

— Mrs. Lilan Crown, répondit Wexford en pensant qu'il devrait aussi bien aller la voir lui-même.

Elle était sortie. A Kingsmarkham, les pubs ouvraient à dix heures le jour du marché. A cette heure matinale, le soleil brillait déjà avec force dans un ciel aussi bleu que la porte du vieux Mr. Comfrey. Puisqu'il était là, pourquoi ne pas voir Mrs. Parker?

— Oui, il a passé dans la nuit, dit la vieille dame.

Les nouvelles circulent vite dans les villages. Une heure à peine s'était écoulée depuis que Wexford avait été prévenu et Mrs. Crown était déjà au courant et avait annoncé la nouvelle au moins à certains de ses voisins.

— Il est triste de mourir et de n'avoir personne pour vous pleurer, jeune homme.

Elle épluchait des haricots verts avec une grande conscience.

— Je dois dire que cela aurait été un soulagement pour la pauvre Rhoda. La dernière fois que je l'ai vue, je m'étais demandée si on ne renverrait pas son père chez lui et si elle n'aurait pas été obligée de s'occuper de lui. Elle a soigné sa mère avec dévotion, mais naturellement, il y avait de l'amour entre elles, alors qu'elle n'a jamais eu un mot de remerciement de Jim. Qui va hériter de l'argent?

— Quel argent, Mrs. Parker?

— Celui de Rhoda. Normalement, son père aurait dû hériter, étant son plus proche parent, mais maintenant qui va hériter?

Cet aspect de la question ne l'avait pas frappé.

— Il n'y a peut-être pas d'argent? Peu de gens font des économies aujourd'hui.

— Parlez plus fort, s'il vous plaît.

Wexford répéta sa phrase et Mrs. Parker poussa une exclamation de dédain.

— Bien sûr, il y a de l'argent! Elle en a gagné beaucoup à ce concours de pronostics et Rhoda n'était pas une fille à jeter l'argent par la fenêtre. Je suppose que vous êtes resté assis à vous tourner les pouces. Vous serez obligé d'aller au fond des choses maintenant. Elle habitait bien quelque part, une maison remplie de beaux meubles et avait des actions à la banque. Voulez-vous savoir ce que je pense? Tout ira à Lilian Crown.

A contrecœur, il réfléchit à ce qu'elle venait de lui dire. L'héritage irait-il à Mrs. Crown? Cela aurait été possible si James Comfrey ne s'était trouvé au milieu. Si Rhoda laissait quelque chose et était morte intestat, James Comfrey avait été pendant neuf jours l'héritier de sa fille. En revanche, une belle-sœur n'hériterait pas automatiquement… il y avait aussi le fils mongolien, s'il était toujours en vie. Un neveu par alliance? Wexford connaissait mal les questions d'héritages et cela ne lui semblait guère utile pour l'instant.

— Mrs. Parker, dit-il en élevant la voix, vous avez raison en prétendant que nous n'avons guère avancé. Cependant, nous sommes certains que Miss Comfrey vivait sous un faux nom. Me suivez-vous?

Elle hocha la tête avec impatience.

— Quand les gens changent de patronyme, ils choisissent souvent un nom qui leur est familier, le nom de jeune fille de leur mère, par exemple, ou celui d'un parent ou d'un ami d'enfance.

— Pourquoi diable Rhoda aurait-elle fait une chose pareille?

— Peut-être seulement parce que son nom évoquait de mauvais souvenirs chez elle. Connaissez-vous le nom de jeune fille de sa mère.

— Crowford. Agnès et Lilan Crowford. Cette pauvre Agnès a changé de nom, mais pas d'initiales. Lilian aussi du reste, au moins la seconde fois et cela ne lui a pas davantage porté chance. Crown l'a laissée pour une autre femme, bien qu'elle prétende qu'il est mort.

— Ainsi, elle a pu prendre le nom de Crowford, dit Wexford en suivant son idée, ou de Parker puisqu'elle vous aimait bien, ou de Rowlands, du nom du directeur de la *Gazette*.

Ces réflexions avaient dû être perdues pour Mrs. Parker et il éleva machinalement la voix pour faire une dernière suggestion :

— Ou de Crown.

— Certainement pas Crown. Elle n'aimait pas Lilian, ce qui n'était pas surprenant après toutes les réflexions malicieuses que celle-ci lui lançait pour lui conseiller de se trouver un homme. Je ne comprends pas pourquoi elle aurait changé de nom. Rhoda était une brave fille. Elle n'a jamais rien fait de mal de toute sa vie et elle n'avait rien à cacher.

Peut-on affirmer cela de quelqu'un et précisément de Rhoda Comfrey qui avait gardé un portefeuille de valeur trouvé dans un autobus et dont la vie était un chef-d'œuvre de duplicité?

— Je vais sortir par ici, Mrs. Parker, dit-il en ouvrant la porte-fenêtre donnant sur le jardin, car il ne se souciait pas de rencontrer Nicky.

— Repoussez-la derrière vous. On a beau parler de la chaleur, j'ai toujours les mains et les pieds gelés, comme vous les aurez un jour, jeune homme, si vous atteignez jamais mon grand âge!

Mrs. Crown n'était toujours pas chez elle. Il n'avait pas vérifié son emploi du temps au moment crucial, mais était-il vraisemblable qu'elle ait tué sa nièce? Quel mobile aurait-elle eu? A moins qu'elle n'ait eu connaissance d'un testament... Il pouvait exister un testament, déposé chez un notaire qui ignorait sa mort, mais Rhoda Comfrey n'aurait rien laissé à une tante qu'elle n'aimait pas. De plus, cette femme, petite et frèle n'aurait jamais eu la force nécessaire...

Toutes les vitres étant fermées, sa voiture était chaude comme un four et le volant était brûlant. En revenant, il se félicita d'avoir maigri et ne plus transpirer comme un cochonnet que l'on va rôtir.

Avant que le soleil n'ait tourné, il ferma la fenêtre de son bureau et baissa les jalousies. Il avait l'illusion d'une certaine fraîcheur. A part un court intervalle à la cantine pour déjeuner, il resta assis là, le reste de la journée, à réfléchir. Il ne se rappelait d'aucune enquête qui lui fût passée par les mains où au bout de neuf jours, il n'ait pas eu le moindre suspect, le moindre mobile et où il eut tout ignoré de la vie de la victime.

Des heures de réflexion ne lui apportèrent aucune conclusion. Tout au plus, pouvait-on penser que le crime avait été un acte de passion et non un geste prémédité.

— Où est ta mère? demanda Wexford en trouvant sa fille seule.

— En haut. Elle lit.

— Sylvia, j'ai été occupé et le suis encore, mais j'espère que jamais ne viendra le jour où je n'aurais pas le temps de penser à mes enfants. Puis-je faire quelque chose pour t'aider? Quand je ne suis pas policier, c'est pour cela que je suis là.

Elle baissa la tête. Grande et sculpturale, elle avait un visage fait pour refléter les nobles vertus de courage et de force d'âme. Elle était un monument de patience, souriant devant l'adversité. Et pourtant, elle n'avait jamais connu l'adversité et dans sa vie, elle n'avait jamais eu à manifester du courage ou de la force d'âme.

— Veux-tu que nous bavardions?

Les larges épaules se soulevèrent dans un geste d'impuissance.

— Nous ne pouvons changer les faits. Je suis une femme et, par conséquent, un citoyen de seconde zone.

— Jusqu'ici, tu ne ressentais pas cela.

— Oh! Papa, à quoi bon discuter? Les gens changent. Nous ne gardons pas les mêmes opinions toute notre vie. Si je déclare que j'ai lu beaucoup de livres et assisté à quelques réunions, tu prétendras, comme Neil, que j'aurais mieux fait de rester ignorante.

— Sans doute, si ces lectures ont fait de la femme heureuse que tu étais une épouse malheureuse et prête à briser son ménage. Es-tu moins un « citoyen de seconde zone » chez tes parents que chez ton mari?

— Je le serai si je trouve un travail ou si je commence à me recycler pour en trouver un.

Son père se retint de lui dire qu'il n'approuvait guère l'idée de lui voir suivre des cours pendant que sa mère garderait Robin et Ben. Il lui demanda si elle ne pensait pas que le fait d'être une femme n'offrait pas certains avantages.

— Si tu tombes en panne sur la route, il y a de fortes chances pour qu'un automobiliste s'arrête dans les cinq minutes qui suivent et te proposent de changer ta roue, sans autre raison que ta jolie silhouette et ton sourire. Si cela m'arrivait, je pourrais bien rester planté là pendant vingt-quatre heures sans avoir de secours.

— Et tout cela parce que je suis une jolie fille! s'écria-t-elle avec emportement. Sais-tu ce que cela signifie? Sifflet admiratif, oui, mais pas de respect. De stupides compliments, mais jamais une remarque sensée d'un être humain à un autre.

— Allons! Tu exagères!

— Non, Papa. Tiens, je vais te donner un exemple. Il y a quinze jours, Neil a embouti la barrière avec la voiture et j'ai conduit la voiture au garage pour faire réparer le phare et le pare-chocs. Sais-tu ce que le mécanicien a dit? « Eh bien, ma petite dame, je parie que votre mari a eu deux mots à vous dire quand il a vu les dégâts! ». Parce que suis une femme, il a présumé que j'avais causé les dommages, et quand j'ai protesté, il a refusé de me prendre au sérieux. Il m'a chargé de conseiller ceci ou cela à Neil au sujet du moteur. Or, j'en sais autant que Neil sur les voitures, c'est *ma* voiture autant que la sienne! Elle s'interrompit et reprit de plus belle : Non, ce n'est pas vrai! Pas plus que la maison n'est autant la mienne que la sienne, même mes enfants sont davantage les siens que les miens! Il est leur tuteur légal. Bon sang! Ma vie elle-même est davantage la sienne que la mienne!

— Je crois que nous devrions prendre l'apéritif, dit son père. Quand tu seras plus calme, tu me feras part de tes griefs contre Neil. Qui sait, je pourrai peut-être servir d'intermédiaire.

C'est ainsi que, deux heures plus tard, il se retrouva avec son gendre dans la maison que, jusque-là, il avait aimée parce qu'il y régnait une atmosphère chaleureuse. Maintenant, elle était froide et silencieuse. Il y avait de la poussière partout. Neil prétendit qu'il avait dîné, mais Wexford pensa qu'il s'était contenté de boire un verre ou deux.

— Bien sûr que je souhaite la voir revenir avec les enfants. Vous le savez, j'aime Sylvia, mais je ne peux accepter ses conditions. Elle exige que nous prenions une jeune fille au pair, ce qui signifierait que les enfants seraient livrés à eux-mêmes. Il faudrait donner à cette jeune fille un salaire auquel je peux difficilement faire face et cela juste pour que Sylvia puisse suivre des cours en vue d'une profession déjà encombrée. Elle a toujours été une excellente maîtresse de maison et une bonne mère. Je ne vois aucune raison pour employer quelqu'un afin de tenir un rôle qu'elle remplit si bien, pendant qu'elle suivrait des cours pour apprendre quelque chose qui ne lui servirait probablement à rien du tout. Voulez-vous boire une verre?

— Non, merci.

— Eh bien, je vais en prendre un. Oh! Inutile de me faire remarquer que j'ai déjà trop bu. Je le sais. Pourquoi ne peut-elle continuer à faire son travail pendant que je fais le mien? Je n'ai jamais prétendu que sa tâche était moins importante que la mienne. Je n'ai jamais déclaré qu'elle m'était inférieure et quand elle affirme que les autres le pensent, je crois qu'elle divague!

D'accord, je ne lui paie pas de gages pour faire ce que toutes les autres femmes font depuis des temps immémoriaux. Je ne vais pas davantage ruiner ma carrière en refusant des voyages à l'étranger, ni m'épuiser à nettoyer la maison ou à laver les enfants quand je rentre après une longue journée de travail. Je l'aide à essuyer la vaisselle. Je veux bien lui acheter tout l'équipement ménager nécessaire mais je voudrais bien savoir qui a besoin de libération et si je dois travailler nuit et jour pendant qu'elle perdra son temps à suivre des cours inutiles?

Je peux vous assurer que je préfèrerais être une femme. Pas de souci d'argent. Aucune véritable responsabilité, pas d'obligation de se rendre au bureau tous les matins pendant quarante ans.

— Vous ne souhaitez pas vraiment cela!

— Cela m'est arrivé cette semaine, dit Neil en montrant le désordre autour de lui. Je ne sais pas m'y prendre avec le ménage, je ne sais pas faire la cuisine, mais je gagne décemment notre vie. Pourquoi diable ne peut-elle se contenter de ce qu'elle a sans me casser la tête avec tous ces maudits arguments du M.L.F.? Je l'aime, Reg, il n'y a jamais eu personne d'autre pour aucun de nous. Nous nous disputons parfois, c'est sain dans un ménage normal, mais nous nous aimons. Nous avons de beaux enfants. Est-ce qu'il n'est pas stupide qu'un mouvement de revendications politiques vienne détruire le bonheur de gens comme nous?

— Je ne prends pas son parti, dit Wexford avec tristesse. Ne pouvez-vous trouver un compromis, Neil? Ne pourriez-vous prendre une aide ménagère pendant un an, jusqu'à ce que Ben aille à l'école?

— Ne peut-elle attendre que Ben ait un an de plus? Bien sûr, le mariage est fait de concessions, mais pour l'instant, elles me semblent vraiment unilatérales!

— Elle prétend le contraire. Je vais m'en aller, Neil. Ne buvez pas trop. Cela n'arrange rien.

— Croyez-vous? Je regrette, Reg, mais j'ai l'intention ce soir, de boire afin de ne plus penser.

Wexford ne dit rien à sa fille en rentrant à la maison et elle ne lui posa pas de question. Elle était assise devant la fenêtre ouverte, berçant Ben qui s'était réveillé en pleurant et lisait avec concentration un livre intitulé : *La femme et le Sixième plan*.

CHAPITRE IX

Ben passa une nuit agitée et se réveilla avec une angine. Lorsque Wexford partit travailler, Sylvia et Nora discutaient pour savoir s'il convenait d'emmener l'enfant au dispensaire ou de faire venir le Dr Crocker. La dernière chose à laquelle il s'attendait était de passer lui-même la matinée dans un cabinet médical, car il prévoyait une répétition de la journée de la veille, passée dans une totale inertie derrière ses rideaux tirés.

Il arriva un peu en retard. Burden l'attendait en faisant impatiemment les cent pas.

— Nous avons un coup de chance. Un médecin vient de téléphoner. Il a un cabinet à Londres et déclare que Rhoda Comfrey figure sur sa liste de patients.

— Bon sang! Enfin! Pourquoi diable n'a-t-il pas appelé plus tôt?

— Comme tant de gens, il était en vacances. Il n'était au courant de rien avant son retour de France hier soir. Heureusement qu'il a jeté un coup d'œil sur les journaux de la semaine dernière!

— Je suppose que vous lui avez dit que nous voulions le voir?

Burden acquiesça.

— Il termine ses consultations à onze heures et il nous attendra à cette heure-là. Il s'agit du Dr Christopher Lomond. Il est installé à Midsomer Road, Parish Oak, Londres W 19.

— Je n'ai jamais entendu parler de ce patelin... pourquoi riez-vous?

— J'ai regardé sur la carte. C'est dans la banlieue de Londres et dépend de votre secteur préféré : le charmant quartier de Kenbourne!

— Encore! J'aurais dû m'en douter! Et par-dessus le marché, Stevens est couché avec la grippe. La grippe au mois d'août! Aussi, à moins que vous n'ayez envie de jouer aux autos-tamponneuses, nous allons prendre le train.

Bien que ce fût loin d'être le quartier préféré de Wexford, ils se retrouvèrent dans la partie, sans conteste, la plus résidentielle de Kenbourne. C'était une de ces agréables banlieues qui avait poussé au milieu des champs, entre les deux guerres. La station de métro s'appelait Parish Oak. De là, ils prirent un autobus qui les amena dans une avenue flanquée de grandes maisons dont les jardins avaient été amputés pour agrandir la route. Au sommet, on débouchait dans Midsomer Road, une rue de maisons confortables assez semblables à celle que Wexford habitait.

Le cabinet du Dr Lomont était installé dans une aile surajoutée à l'une des maisons et portait le n° 61. Ils furent reçus immédiatement par le médecin qui était un homme jeune, avec un visage gai et rose.

— Je dois vous avouer que je n'ai pas reconnu Miss Comfrey d'après la photographie parue dans les journaux, mais le nom m'a rappelé quelque chose et en regardant mieux, j'y ai vu une sorte de ressemblance. Alors, j'ai consulté mes fiches : Rhoda Agnes Comfrey, 6, Princevale Road, Parish Oak.

— Est-elle venue vous consulter souvent, Docteur?

— Une seule fois, en septembre dernier. C'est fréquent. Personne ne se soucie de s'inscrire chez un médecin avant d'être malade.

— Pourriez-vous nous confier ce dont elle souffrait?

Le médecin se mit à rire.

— Je n'y vois pas d'objection. La pauvre femme est

morte après tout! Elle pensait être atteinte d'appendicite parce qu'elle souffrait du côté droit du ventre. Je l'ai examinée, mais elle n'a réagi à aucun test et elle ne présentait pas d'autre symptôme. J'ai pensé qu'il s'agissait d'une simple indigestion. Je lui ai conseillé de ne pas boire d'alcool et de ne pas manger de friture. J'ai ajouté que si les douleurs persistaient, je lui remettrais une ordonnance pour se faire hospitaliser, mais cette idée ne lui plut visiblement pas et je n'ai pas été surpris de ne plus la revoir. Si cela vous intéresse, j'ai dressé une fiche à son sujet, comme pour tous mes patients.

Wexford lut :

« Rhoda Agnes Comfrey, 49 ans. Pas d'antécédents. Quelques maladies infantiles bénignes. Pas d'opération. Fumeuse. Boit modérément. Précédemment inscrite chez le Dr Castle, Glabe Road, Kingsmarkham.

— Il est mort l'année dernière, commenta Wexford. Merci de votre aide, Docteur, elle nous a été précieuse. Puis-je vous demander où se trouve Primevale Road?

— A mi-chemin entre la station de métro et l'avenue que vous avez dû prendre pour venir, sur le même côté que cette rue.

Wexford et Burden redescendirent l'avenue qui s'appelait Montford Hill.

— Curieux, n'est-ce pas, remarqua Wexford, tout le monde à Londres devait la connaître sous un autre nom, mais pas son médecin, je me demande pourquoi?

— Trop risqué?

— Où était le risque? La loi anglaise permet de se faire appeler par le nom de votre choix et vous pouvez en changer à votre gré sans aucune formalité.

— Certes, mais à quoi bon?

— Dieu seul le sait! Mais nous n'allons pas directement à Princevale Road, je veux d'abord vous présenter à des amis.

Baker semblait de meilleure humeur et il accueillit Wexford avec cordialité.

— Michael Baker, je vous présente Mike Burden, Mike, voici le sergent Clements.

— Princevale Road? dit Baker quand Wexford lui eut exposé l'objet de sa visite, c'est dans un quartier agréable et, si je ne m'abuse le n° 6 fait partie d'un nouvel ensemble avec beaucoup de vitres et d'espaces verts.

— Excusez-moi, Monsieur, dit Clements, mais nous avons été appelés dans cette maison pour un cambriolage, il y a quelques mois. Je vais contrôler, si vous le permettez.

Baker semblait satisfait d'avoir des visiteurs pour meubler la monotonie de ce mois d'août.

— Si nous allions déjeuner au *Grand Duc,* Reg? Nous pourrions revenir ici ensuite.

Soucieux de ne pas se mettre mal avec un homme aussi chatouilleux, Wexford accepta en ajoutant, à l'évidente satisfaction de Baker, qu'il ne savait ce qu'il aurait fait sans son aide.

Le sergent revint avec les renseignements :

— La plaignante est une Mrs. Farriner. Elle est partie en vacances. Ce n'est pas sa maison qui a été cambriolée, mais celle des voisins. Elle possède apparemment des objets de valeur et elle est venue nous trouver avant son départ pour nous demander de surveiller sa maison.

— Elle aurait pu déposer ces objets dans un coffre en banque, dit Baker, nous ne sommes pas là pour...

Wexford l'interrompit. Il ne put s'en empêcher :

— Quel âge à cette femme, Sergent? Pouvez-vous me la décrire?

— Je ne l'ai pas rencontrée moi-même, Monsieur, je pense qu'elle a un certain âge et doit être veuve ou divorcée. Dinehart la connaît.

— Alors, voulez-vous demander à Dinehart de regarder cette photographie?

— Vous ne pensez quand même pas que Mrs. Farriner pourrait être Rhoda Comfrey, Monsieur?

— Pourquoi pas?

Mais, Dinehart fut incapable de trancher. Certes, Mrs. Farriner était une grande femme brune et elle vivait seule. Quant à affirmer qu'elle ressemblait à la fille de cette photographie... les gens changent beaucoup en vingt ans. Il ne voulait pas se compromettre.

Wexford était surexcité. Comment n'y avait-il pas pensé plus tôt? Depuis le début, il s'exaspérait parce que les témoins étaient en vacances et il n'avait pas envisagé que les amis de Rhoda Comfrey aient pu ne pas s'inquiéter de son absence parce qu'ils la croyaient en voyage, probablement dans quelque station balnéaire où elle était connue sous le nom de Mrs. Farriner. Comment la relier avec une Miss Comfrey qui avait été assassinée dans le Sussex?

Au *Grand Duc,* un pub démodé qui ressemblait beaucoup à une auberge de campagne, ils commandèrent un repas froid. Wexford était trop tendu pour avoir de l'appétit. Manipuler diplomatiquement des gens comme Baker pouvait être une obligation sociale, mais cela faisait perdre beaucoup de temps. Les autres semblaient prendre la situation beaucoup plus placidement que lui. Burden lui-même manquait d'enthousiasme.

— Ne vous semble-t-il pas bizarre qu'une femme comme cette Mrs. Farriner, de toute évidence bien nantie, conserve un portefeuille qu'elle aurait trouvé dans un autobus?

— On ne peut jamais prédire la réaction des gens, répondit Wexford.

— Sans doute, mais vous avez, vous-même, déclaré que tout ce qui est anormal est important. Je peux imaginer la Rhoda Comfrey que nous connaissons se conduisant de la sorte, mais pas cette Mrs. Farriner d'après ce que nous en savons. Vraiment, il me semble improbable qu'il s'agisse d'une seule et même personne.

— Eh bien, nous ne le saurons pas en restant assis sans rien faire, répliqua Wexford avec agacement.

A sa surprise Baker abonda dans son sens :

— Vous avez raison. Finissons nos verres et allons-nous-en.

Lorsqu'il était passé dans Montford Hill en autobus, Wexford n'avait pas remarqué une rangée de cinq ou six boutiques faisant angle avec une rue sur le côté gauche. Il s'étonna de voir Burden les scruter avec intensité. Le nom de la rue qui longeait ces boutiques était inscrit en noir sur une plaque blanche *Princevale Road.* Burden regarda cette plaque avec le même intérêt, levant la tête et s'arrêtant devant.

A l'extrémité de la rue, ou plutôt, étant donné son numérotage à son début, se dressaient six maisons à toit terrasse, très différentes des autres maisons de style Tudor qui caractérisaient Princevale Road.

Wexford supposa que les nouvelles maisons avaient été construites sur un terrain laissé vacant par la démolition d'une vieille demeure. C'était un signe des temps, de la rareté du terrain et de la rapacité des promoteurs. Cependant, ces maisons de trois étages étaient bien construites. Chacune avait son garage particulier en sous-sol et une porte d'entrée de différente couleur : orange, verte, bleue, rouge, jaune et blanche. Le n° 6 avait cet aspect « invitation au vol » que prend ce genre d'habitation quand les locataires sont absents. Toutes les fenêtres étaient fermées, les rideaux tirés. Des circulaires et des prospectus émergeaient de la boîte aux lettres.

A contrecœur, Wexford abandonna la direction des opérations à Baker et Clements. L'inspecteur et son sergent sonnèrent à la porte n° 1, tandis que Wexford s'approchait de la maison n° 5 en compagnie de Burden.

Mrs. Cohen, qui leur ouvrit la porte, était une belle juive d'une quarantaine d'années. Sa maison était surchargée de décoration. Sur les murs, il y avait un étonnant papier à fleurs doré et crème sur fond rouge. Un peu partout, on voyait des photographies des enfants, la fille aînée en robe de mariée.

— Mrs. Farriner est une charmante personne, ce que j'appelle une brave femme. Oui, elle est divorcée, mais je n'ai pas connu son mari. Elle possède une jolie boutique de vêtements féminins à Montford Circus. Je lui ai acheté des robes ravissantes qu'elle m'a laissées à prix coûtant, à titre de bon voisinage. Oh! non, ce ne peut être elle, ajouta-t-elle en regardant la photographie. Assassinée, dites-vous? C'est horrible! Mais jamais Rose n'aurait pris un faux nom. Oui, elle s'appelle Rose Farriner. Bien sûr, je sais où elle est. D'abord, elle est allée voir sa mère, qui est dans une maison de convalescence à la campagne, ensuite elle devait se rendre dans la région des lacs. Non, elle ne m'a pas envoyé de cartes. Je n'en attendais pas.

La maison voisine était celle qui avait été cambriolée et, quand ils eurent expliqué qui ils étaient, Mrs. Elliott présuma aussitôt qu'il y avait eu un autre cambriolage. Elle avait au moins soixante ans. C'était une femme nerveuse qui ne fréquentait pas Rose Farriner, mais elle connaissait son magasin. Naturellement, elle savait que Mrs. Farriner était absente. Elle partait souvent en week-end, ce qui était dangereux, avec tous ces vols.

Lorsqu'on lui présenta la photographie, elle ne sut dire si Mrs. Farriner avait pu ressembler à cette personne quand elle était jeune. Il était évident que l'idée d'avoir à déposer la terrifiait.

— Rhoda signifie Rose en Grec, confia Wexford à Burden quand ils sortirent. Elle a raconté qu'elle allait voir sa mère dans une maison de convalescence, n'est-ce pas une façon de travestire les faits en mettant mère pour père et maison de convalescence pour hôpital?

Baker et Clemens les attendaient à la porte du n° 3. A eux aussi, on avait parlé de la maison de convalescence et de la boutique de mode. Eux aussi n'avaient rencontré que doute et effroi à la vue de la photographie. Ensemble, tous les quatre s'approchèrent de la dernière porte.

Blonde et fragile, Mrs. Delano était très jeune. Un bébé blond dormait dans son landau sous le porche.

— Rosa Farriner doit avoir entre quarante et cinquante ans, affirma-t-elle, comme s'il s'agissait d'un âge avancé. Elle regarda attentivement la photographie et devint toute pâle :

— J'ai lu les journaux et jamais je n'ai imaginé... oui, cela pourrait être elle. Je me demande comment je ne m'en suis pas avisée plus tôt?

Dans la vitrine, à droite de la boutique étaient disposés des vêtements d'enfants, jeans, tee-shirts, blousons et longues chaussettes rayées. L'autre vitrine retint davantage l'attention de Wexford car les articles exposés appartenaient à la même catégorie que ceux portés par Rhoda Comfrey quand elle était morte. Les couleurs prédominantes étaient le rouge et le bleu. Robes et manteaux s'adressaient à une clientèle à l'aise, d'un certain âge. Les vêtements étaient « élégants », un mot — il en avait conscience — que ses filles n'employaient jamais.

Une femme d'une trentaine d'années les reçut. Son nom était Mrs. Moss. Elle s'occupait du magasin en l'absence de Mrs. Farriner. Elle se montra à la fois étonnée et prudente, ce qui était compréhensible, étant donné les circonstances. Encore une fois, la photographie fut étudiée avec la même expression de doute. Elle ne travaillait avec Mrs. Farriner que depuis six mois et ne la connaissait que professionnellement.

— Savez-vous de quelle région Mrs. Farriner est originaire? demanda Burden.

— Mrs. Farriner ne discute jamais de sa vie privée avec moi.

— Est-ce une personne secrète?

Mrs. Moss hocha la tête :

— Je ne saurai vous répondre. Nous n'échangeons pas de confidence, je ne connais pas plus sa vie privée qu'elle ne connaît la mienne.

— Savez-vous si elle a été opérée de l'appendicite? demanda soudain Wexford.

— Je l'ignore, mais de toute façon, je ne répondrai pas à une telle question.

Wexford fronça les sourcils.

— Vous savez à quoi nous pensons, refuser de nous répondre serait une obstruction de votre part.

— Mais Mrs. Farriner ne peut être cette femme. Elle est dans la région des lacs et sera de retour au magasin lundi.

— Croyez-vous? Avez-vous reçu de ses nouvelles? Une carte postale ou un appel téléphonique?

— Bien sûr que non, pourquoi l'aurait-elle fait? Elle doit rentrer chez elle samedi.

— Je vais être franc. Si Mrs. Rose Farriner a été opérée de l'appendicite, elle ne peut être Rhoda Comfrey, car il n'y avait aucune cicatrice sur le corps de celle-ci. D'autre part, si elle n'a pas été opérée, les chances pour qu'elle ait été Miss Comfrey sont grandes. Nous devons être fixés sur ce point.

— Très bien, dit Miss Moss, au mois de février Mrs. Farriner a pris quelques jours de congé. Elle souffrait d'un empoisonnement alimentaire, mais en revenant, elle a déclaré qu'elle redoutait d'avoir une appendicite car elle avait déjà eu les mêmes symptômes avant.

CHAPITRE X

La chaleur faisait danser des mirages mouvants sur la route blanche. La circulation tournait sans arrêt autour de Montford Circus. Le bruit, la réverbération sur les vitres et les chromes étourdissaient. Wexford et Baker se réfugièrent dans la voiture que Clements avait garée en double file.

— Il faut pénétrer dans cette maison, Michael.

— Naturellement, nous possédons une clef, mais c'est hors de question sans un mandat de perquisition. Laissez-moi manœuvrer, Reg, je vais voir ce que je peux faire.

Debout sur le trottoir, Burden et Clements étaient en grande conversation. Connaissant la pruderie de Burden et le manque de compréhension de Clements envers tous les jeunes de moins de vingt-cinq ans, Wexford avait supposé qu'ils auraient peu de points communs. Apparemment, il s'était trompé. Les deux hommes discutaient, comme deux vieilles duègnes, de la tenue indécente de la jeune femme du n° 2 qui leur avait ouvert la porte, vêtue d'un simple bikini. Wexford frappa péremptoirement sur l'épaule de l'inspecteur :

— Venez, John Knox! Je veux prendre le train de 16 h 35 pour rentrer.

Burden parut vexé et après avoir fait ses adieux, il suivit Wexford vers la station de métro en remarquant que Clements était un très brave type.

— Très juste, ironisa Wexford et citant Jane Austen :

C'est une très belle journée et nous avons fait une très agréable promenade!

Sans comprendre l'allusion, mais soupçonnant Wexford de se moquer de lui, Burden répondit seulement qu'ils n'obtiendraient pas de mandat de perquisition sous de si faibles présomptions.

— Que voulez-vous dire? A mes yeux, c'est très concluant. Vous n'espériez pas qu'une de ces femmes nous dévoilerait toute l'histoire, n'est-ce pas? « Oh! Rose m'a confié que son véritable nom était Comfrey. » Examinez les faits : une femme de cinquante ans se rend chez un médecin parce qu'elle pense être atteinte d'appendicite. Elle donne le nom de Comfrey et pour adresse 6, Princevale Road. La seule locataire de cette maison est une femme d'environ cinquante ans appelée Rose Farriner. Il y a six mois, Rose Farriner a parlé de ses craintes d'une appendicite. Rhoda Comfrey est morte. Rose Farriner a disparu. Rhoda Comfrey était très à son aise et, probablement dans les affaires. Selon Mrs. Parker, elle s'intéressait à la mode. Rose Farriner est fortunée et possède une boutique de mode. Rose Farriner a une vieille mère dans une maison de convalescence à la campagne, Rhoda Comfrey a un vieux père malade dans un hôpital à la campagne. N'est-ce pas concluant?

Burden allait et venait sur le quai en regardant les affiches.

— Je ne sais pas pourquoi, mais j'ai l'impression que nous aurons du mal à obtenir un mandat.

— Il y a quelque chose qui vous tracasse, n'est-ce pas?

— Oui, en effet. Il s'agit de quelque chose d'impondérable, le genre de choses qui vous tracasse ordinairement davantage que moi, et dont je me moque d'habitude.

— De quoi diable s'agit-il? Vous pouvez aussi bien me le dire.

Burden serra les dents avec l'expression d'un homme qui hésite à s'exprimer parce qu'il a peur que l'on rie de ses fantasmes.

— Eh bien, lorsque nous avons remonté Montford Hill en autobus, j'ai soudain remarqué ces boutiques et le nom de la rue en face de nous et... Non, c'est stupide! Oubliez tout cela. Franchement, plus j'y songe et plus je suis persuadé que je vois quelque chose là où il n'y a rien. N'en parlons plus.

— Comment *n'en parlons plus,* après tout ce préambule? Avez-vous perdu la tête?

— Excusez-moi, monsieur, dit Burden avec raideur mais, à mes yeux, le travail de la police ne repose pas sur de simples conjectures ou une sorte d'intuition féminine. Comme vous l'avez établi, nous avons des faits concluants devant nous. Très certainement, je me montrais pessimiste au sujet de ce mandat, nous l'obtiendrons.

Une explosion de colère se manifesta chez Wexford par une brusque transpiration.

— Vous êtes un véritable emmer... déclara-t-il tandis que le train entrant en gare étouffait ses paroles.

Son humeur ne s'améliora pas en lisant les gros titres sur quatre colonnes du journal « L'inspecteur-chef impuissant dans l'affaire Comfrey ». Au milieu de l'article se trouvait une photographie de lui, prise à l'époque où il était gros. Sous un facies porcin cascadaient trois doubles mentons. Il se regarda dans la glace de la salle de bains et, tandis que Robin courait du haut en bas de la maison en hurlant que grand-père avait sa photo dans le journal, il se coupa en se rasant.

Il se rendit à Forest Road en voiture et entra dans la maison de feu James Comfrey avec la clef de Rhoda. Il y avait deux autres clefs dans l'anneau et l'une d'elle ouvrait peut-être la porte de Rose Farriner. Pour le moment, il gardait cela pour lui en attendant de pouvoir comparer avec la clef en possession de la police de Kenbourne, au cas où le mandat de perquisition ne serait pas accordé. Car si les clefs n'étaient pas identiques — et à la lumière de l'extrême discrétion de Rhoda Comfrey à l'égard de sa double vie, il était assez probable qu'elles ne le seraient pas — il pourrait aussi bien dire adieu à ses chances d'obtenir ce mandat.

Il se posait des questions au sujet de la troisième clef.

Était-ce celle de la boutique? Il traversa le salon, qui sentait le renfermé, et ouvrit la fenêtre. Puis il se mit à fouiller dans tous les tiroirs et récolta tout un assortiment de clefs. Quinze en tout. Trois Yale, une Norlond, une marquée RSY, une autre FGW, sept clefs rouillées et hors d'usage. Enfin, il y avait une clef de contact de voiture et une plus petite pouvant servir à fermer un coffre de voiture. Toutes les deux portaient le double-chevron d'une Citroën.

Un coup violent frappé à la porte le fit sursauter. Il ouvrit et se trouva devant Lilian Crown.

— Ah! c'est vous! s'exclama-t-elle, je pensais que des gamins s'étaient introduits dans la maison, ou des squatters, on ne sait jamais, aujourd'hui, n'est-ce pas?

Elle portait un pantalon rouge et un tee-shirt qui auraient mieux convenu à Robin. L'aplomb n'est pas un trait de caractère que l'on s'attend à trouver chez une femme âgée, surtout de ce milieu social. Une certaine timidité, la crainte des autorités, un besoin d'effacement, est l'apanage des femmes de plus de soixante ans, mais Lilian Crown ne s'était pas laissée abattre par les années. Elle possédait toujours la même crânerie juvénile, même sans gin pour la remonter. Il n'était que dix heures du matin.

— Entrez, Mrs. Crown, dit-il en refermant la porte.

Elle trottina dans la maison, reniflant l'air.

— Quel taudis! Je n'étais pas venue ici depuis au moins dix ans!

Elle traça quelques signes dans la poussière sur le dessus du buffet, du bout des doigts, en éclatant de rire.

Les clefs toujours à la main, il demanda :

— Le nom de Farriner vous rappelle-t-il quelqu'un?

— Non, je ne crois pas.

Elle tira une cigarette d'un paquet de Marlboro. Elle était venue en voisine, pour s'assurer que la maison n'avait pas été envahie par des étrangers, mais elle avait apporté ses cigarettes et une boîte d'allumettes. Pour fumer avec les squatters? Décidément, elle était surprenante!

— Je suppose que votre nièce avait une voiture, dit-il en montrant les deux petites clefs.

— En tout cas, elle n'est jamais venue ici avec, et elle l'aurait fait, car elle n'aurait pas manqué cette occasion de faire de l'esbrouffe!

— Alors, à qui ces clefs appartiennent-elles?

— Comment le saurais-je? Si Rhoda avait une voiture à Londres, pourquoi aurait-elle laissé les clefs ici? Mais, je vous répète qu'elle aurait plutôt garé sa voiture devant la porte afin que tout le monde puisse l'admirer. Elle n'a jamais pu se trouver un homme, aussi elle aimait prouver de quoi elle était capable. Je me demande qui va hériter de sa fortune? Sûrement pas moi!

Elle lui souffla un nuage de fumée en plein visage et il dut se reculer en toussant.

— J'aimerais que vous me parliez de cet appel téléphonique de Miss Comfrey le vendredi soir.

— Que voulez-vous savoir? dit Lilian Crown en faisant sortir la fumée de ses narines comme un dragon.

— Vous avez répondu au téléphone et elle a dit : « Allô, Lilian, je me demande si tu vas deviner qui parle? » Est-ce bien cela? Mrs. Crown acquiesça. Et ensuite? Mais d'abord, quelle heure était-il?

— Sept heures, environ. Oui, elle a bien dit ça de cette voix grave et affectée. « Bien sûr », ai-je répondu, « je te reconnais, si tu veux des nouvelles de ton père, il faut t'adresser à l'hôpital. » « Oh! je sais, a-t-elle rétorqué, je vais partir en vacances, mais je vais d'abord venir passer deux jours... »

— Êtes-vous certaine qu'elle a parlé de vacances?

— Mais oui, j'en suis sûre, j'ai une excellente mémoire. Ce qui m'a le plus surprise, c'est qu'elle m'a appelée « chérie ». « Je vais d'abord venir passer deux jours là-bas, chérie. » Cependant, il y avait quelqu'un avec elle pendant qu'elle parlait et je sais pourquoi elle s'est exprimée ainsi. Elle était avec une amie et a voulu lui faire croire qu'elle s'adressait à un homme.

— Mais elle vous a appelée « Lilian »!

— Peut-être que son amie n'était pas là au début de

la conversation. Elle a dû entrer pendant que Rhoda parlait et elle a glissé ce « chérie » pour faire croire qu'elle allait retrouver un amoureux. Je connais Rhoda. Elle a ajouté « Je pensais que tu pourrais t'inquiéter en voyant de la lumière, mon chou. Je viendrai te voir en revenant de l'hôpital. » Puis la personne qui était avec elle a dû sortir, car j'ai entendu claquer une porte. Alors, elle a baissé le ton et a conclu de sa voix ordinaire « Bon, à lundi, alors, au revoir ».

— Ne lui avez-vous pas souhaité un bon anniversaire?

Lilian Crown haussa ses maigres épaules, à plusieurs reprises, comme une marionnette.

— C'est vrai, la vieille Mrs. Parker m'a raconté que c'était son anniversaire. Je ne m'en serais pas souvenu. Je savais qu'elle était née début août. La jolie cinquantaine sans avoir jamais reçu un baiser!

— Ce sera tout, Mrs. Crown, dit Wexford en l'escortant jusqu'à la porte.

Parfois il se disait combien il serait agréable d'être juge afin de pouvoir rappeler les gens à l'ordre, hardiment et publiquement. Avec sa manche, il effaça le cœur percé d'une flèche — B aime L — qu'elle avait tracé dans la poussière. Il se demanda si B était « l'ami » avec qui elle allait boire et se demanda aussi quelles incidences pouvaient avoir les années d'adolescence sur ces vieilles carcasses.

Il retourna chez lui pour téléphoner.

— Je peux vous répondre tout de suite, dit Baker, Dinehart m'en a parlé. Rose Farriner conduit une Citroën. Est-ce que cela vous aide?

— C'est possible, Michael. Savez-vous si mon chef-Constable a pris contact avec votre superintendent?

— Il faut encore un peu de patience, Reg.

Wexford promit qu'il en aurait. L'atmosphère s'éclaircissait. Rhoda Rose Comfrey Farriner avait téléphoné à sa tante de Princevale Road le soir de son anniversaire, alors qu'elle avait un ou une amie chez elle. Une femme, comme l'avait supposé Lilian? Non, un homme. Tard dans la vie, elle avait enfin trouvé un homme à qui elle essayait d'inspirer de la jalousie. Cet homme, quel qu'il fût, en avait assez entendu pour savoir où Rhoda Rose Comfrey Farriner irait le lundi. Wexford ne doutait pas que celui qui avait écouté était l'assassin.

C'était un crime passionnel. Des âmes adolescentes habitaient parfois, comme Lilian Crown l'avait prouvé, des corps vieillissants.

La fille qui était assise dans le hall du poste de police de Kingsmarkham attirait une attention considérable. Le sergent Comb lui avait apporté une tasse de thé et les deux jeunes constables s'étaient approchés pour lui demander s'ils ne pouvaient rien faire pour l'aider. Loring hésitait à l'emmener à la cantine manger un sandwich ou un toast au fromage que l'inspecteur Wexford appelait Flic-fondue.

La jeune fille paraissait nerveuse. Elle tenait à la main un journal qu'elle fixait d'un air égaré, mais elle ne voulait se confier à personne et insistait pour voir l'inspecteur-chef Wexford.

Son teint pouvait être qualifié d'exotique. Il existe une variété d'orchidée qui n'est pas rose, jaune ou dorée, mais d'un délicat ton de cire teinté de sépia. Le visage de cette jeune fille possédait l'éclat de cette orchidée. Ses traits fins semblaient tracés au fusain sur une soie orientale et ses longs cheveux soyeux étaient relevés en un épais chignon. Le sari a été dessiné pour les femmes de son pays et elle marchait comme si elle avait l'habitude d'en porter un, bien que, pour cette visite, elle portât des vêtements occidentaux : jupe plissée bleu marine et chemisier de coton blanc.

— Pourquoi faut-il attendre aussi longtemps? demanda-t-elle.

Et Loring, qui était un jeune homme romantique, pensa qu'il n'avait jamais entendu de voix aussi mélodieuse.

— Il est très occupé, mais il va vous recevoir bientôt.

Pour la première fois de sa vie, il souhaitait être à la

place du vieil inspecteur bourru qui aurait la chance de recevoir une pareille visiteuse en particulier.

A midi et demie, Wexford fit son entrée.

— Bonjour, Miss Patel.

— Vous vous souvenez de moi!

Loring avait la réponse sur les lèvres. Qui pourrait l'oublier après l'avoir vue une seule fois? Wexford se contenta de répondre qu'il avait une bonne mémoire des visages et le pauvre Loring fut congédié, l'inspecteur lui ayant âprement fait remarquer que s'il n'avait rien à faire, il pourrait rapidement remédier à la chose. Loring regarda la Belle et la Bête disparaître dans l'ascenseur.

— Que puis-je pour vous, Miss Patel? demanda Wexford quand elle fut assise dans le fauteuil.

— Vous allez être fâché contre moi. J'ai fait quelque chose de terrible! Non, vraiment, j'ai peur de vous l'avouer! J'ai été si effrayée en voyant ce journal que j'ai pris le premier train. Tout le monde a été si gentil! Mais cela changera quand je vous aurai parlé.

Elle s'exprimait en phrases courtes de petite fille.

Wexford la regardait pensivement. Il se souvenait qu'il l'avait jugée, pleine d'humour et de malice. Mais tout son esprit semblait l'avoir abandonnée. Elle paraissait sérieusement bouleversée. Il décida alors d'user lui-même d'un peu d'humour pour la mettre à l'aise.

— Je n'ai pas mangé de jeunes femmes depuis des mois, dit-il, et, croyez-moi sur parole, j'ai pour règle de ne jamais en manger le vendredi.

Elle ne sourit pas. Elle avala sa salive et fondit en larmes.

CHAPITRE XI

Il pouvait difficilement la réconforter comme il aurait réconforté Sylvia ou Sheila en la prenant dans ses bras. Aussi décrocha-t-il le téléphone et commanda-t-il du café et des sandwiches pour deux. Il ajouta, autant pour elle que pour lui, qu'il ne pourrait se mettre en colère, la bouche pleine.

Les larmes n'altéraient pas sa beauté. Elle s'essuya les yeux, renifla délicatement et dit :

— Vous êtes si gentil! Et j'ai été si sotte! Je devais avoir complètement perdu la tête!

— J'en doute. Voulez-vous commencer tout de suite ou préférez-vous d'abord boire un café?

— Je vais vous parler.

Devait-il lui déclarer qu'il ne s'intéressait plus à Grenville West, car c'était certainement à ce sujet qu'elle venait le voir? Mieux valait d'abord l'écouter.

— Je vous ai raconté un gros mensonge, dit-elle.

Il haussa les sourcils.

— Vous n'êtes pas la première. Je pourrais même figurer dans un dictionnaire des performances sous la rubrique « L'homme à qui l'on a raconté le plus de mensonges au monde ».

— Je ne vous en ai dit qu'un, et j'ai tellement honte!

Le café arriva avec une assiette de sandwiches au jambon. Elle en accepta un et le tint dans sa main, sans le manger.

— C'est au sujet de Polly. Elle ne sort jamais seule le soir. *Jamais*. Si elle va chez Grenville, il la raccompagne toujours à la maison ou la met dans un taxi. Elle a connu une terrible expérience l'année dernière. Un homme l'a attaquée dans la rue. Elle a crié et s'est débattue. Il s'est sauvé, mais après cela, elle a eu peur de se retrouver seule dehors la nuit. Elle dit que si la loi permettait de porter une arme dans ce pays, elle en aurait une.

— Je crois que vous vous écartez de votre sujet, Miss Patel, où est ce gros mensonge?

— Eh bien... je vous ai déclaré que Polly était avec moi lundi soir, mais en réalité, elle est sortie avant que je parte travailler et elle est revenue... bien longtemps après que j'étais au lit. Le lendemain, je lui ai demandé où elle était allée, parce que je savais que Grenville était parti. Elle m'a répondu qu'elle en avait assez de lui et qu'elle était sortie avec un autre homme. Je savais que tout n'allait pas bien entre eux depuis longtemps. Elle aurait voulu aller vivre avec lui et même l'épouser, mais il ne l'a seulement jamais embrassée! Malina Patel eut un petit haussement d'épaule : personnellement, je n'aimerais pas qu'il m'embrasse. Il y a quelque chose de bizarre en lui... Oh! je ne veux pas dire qu'il soit... enfin, vous me comprenez? C'est difficile à expliquer.

— Poursuivez, Miss Patel.

— Donc Polly m'a raconté qu'elle était sortie avec un autre homme et que celui-ci était marié. Ce fameux lundi, ils étaient allés passer la nuit dans un motel et cet homme craignait que sa femme ne l'ait fait suivre par un détective privé. Polly m'a expliqué que si ce détective se présentait à la maison, je devrais lui déclarer qu'elle avait passé la soirée du lundi avec moi.

— *Vous m'avez pris pour un détective privé!*

— Oui. J'avais promis à Polly de répondre ce qu'elle m'avait demandé si le détective se présentait. Et un détective s'est présenté! Cela ne semblait pas bien grave. Ce n'est pas un crime de passer une nuit dans un motel avec un homme marié. Ce n'est pas bien, mais aucune loi ne l'interdit.

Wexford fit de son mieux pour ne pas rire. Ces remarques à ses dépens, qu'il avait trouvées pleines d'esprit, avaient été faites en toute innocence de cause! Si elle n'avait été si jolie et si douce, il aurait été enclin à la juger stupide.

Elle mangea un sandwich et but un peu de café.

— J'étais heureuse que Polly ait trouvé quelqu'un après avoir été si malheureuse avec Grenville. Et je pensais que les détectives privés étaient d'horribles individus qui espionnaient et étaient payés pour faire leur sale besogne. Aussi, je croyais qu'il importait peu de leur mentir.

Cette fois, Wexford ne put se retenir de rire. Elle le regarda avec affarement.

— Avez-vous déjà rencontré un détective privé, Miss Patel?

— Non, mais j'en ai vu beaucoup au cinéma.

— Ce qui vous a permis de m'identifier aussitôt avec une telle facilité! Cependant... il s'arrêta de sourire. Miss Flinders savait qui j'étais, ne vous l'a-t-elle pas dit après mon départ?

C'était la question cruciale. De sa réponse dépendait sa conduite : ou il l'accompagnait immédiatement à Kenbourne Vale ou il la laissait partir seule.

— Bien sûr que si! Mais j'ai été trop stupide pour comprendre. Elle m'a expliqué que vous ne veniez pas pour cette question de motel, mais au sujet du portefeuille que Grenville avait perdu. Elle voulait m'en raconter davantage, mais je n'ai pas voulu l'écouter. Voyez-vous je devais sortir et j'étais déjà en retard. Le lendemain, elle a encore essayé de me parler, mais je lui ai dit que j'en avais par-dessus la tête de ses histoires avec Grenville et que je préférais l'entendre parler de son nouvel ami. Alors, elle n'a plus rien dit de Grenville depuis.

— Vous saviez donc qu'il avait perdu son portefeuille.

— Oh! oui, elle m'en a rebattu les oreilles pendant des jours! C'était bien avant qu'elle n'aille au motel.

Il la crut. Sa position pour identifier Rhoda Comfrey en Rose Farriner se renforçait. Quelle autre question pouvait-il encore poser à Malina Patel, juste pour s'amuser un peu?

— Puis-je vous demander ce qui vous a poussée à venir me découvrir l'horrible vérité?

— Cette photographie dans le journal. Je l'ai vue ce matin et je vous ai reconnu.

Sur cette photographie? Les questions les plus anodines pouvaient conduire à une certaine humiliation!

— Polly était déjà sortie. Je regrettais de ne pas l'avoir mieux écoutée et je m'avisai soudain que c'était au sujet de cette femme qui a été assassinée et j'ai compris qui vous étiez. Alors, j'ai pris peur. Je ne suis pas allée travailler. J'ai téléphoné pour raconter que j'avais une gastro-entérite, ce qui est un nouveau mensonge, j'ai laissé un mot à Polly pour lui dire que j'allais voir ma mère malade et j'ai pris le train pour venir ici après avoir dit tant de mensonges que je ne sais plus où j'en suis.

— Quand vous aurez un peu plus de pratique, vous éviterez cela. Je vais vous donner un conseil : racontez le même mensonge à tout le monde!

— Vous ne pouvez pas vraiment me conseiller cela!

— Non, bien sûr, Miss Patel. Au contraire. Ne mentez plus à la police parce que nous finissons toujours par découvrir la vérité. Je suppose que nous aurions éventé depuis longtemps vos petites machinations, mais nous ne nous intéressons plus à ce côté de l'affaire. Une autre tasse de café?

Elle refusa de la tête.

— Vous avez été très gentil avec moi.

— Pour cette fois, vous n'irez pas en prison, mais n'y revenez pas! Je vais vous accompagner en bas et nous verrons si nous ne trouvons pas quelqu'un pour vous conduire jusqu'à la gare. J'ai dans l'idée que le constable Loring doit aller de ce côté-là.

Les grands yeux de biche le fixèrent avec innocence.

— Je crains de lui causer beaucoup de dérangement.

— Pas du tout, dit Wexford avec le plus grand sérieux, Loring se fera un devoir de vous rendre ce service.

Une fois de plus, il rentra chez lui de bonne heure, ce qui lui arrivait rarement au milieu d'une enquête. Mais il ne pouvait qu'attendre. Il n'avait même pas une liste de suspects à étudier. Il ne pouvait pas davantage spéculer sur les déclarations des témoins. Comme pièces à conviction, il avait quatre clefs, une voiture manquante, un portefeuille qui, selon toute probabilité, avait été perdu dans un autobus et l'histoire d'un appel téléphonique écouté par un homme qui avait aimé si passionnément la peu séduisante Rhoda Comfrey qu'il l'avait tuée par jalousie.

C'était là une collection peu prometteuse d'hypothèses gratuites et de conjectures négatives.

La rivière scintillait dans la lumière du soir, prenant sur sa surface ondoyante des patines de bronze antique. Des libellules bleu pâle égratignaient l'eau en courant comme des folles et le saule laissait tomber ses branches dans le courant.

Les rats d'eau ayant refusé de se montrer, les petits garçons avaient retiré leurs sandales et leurs chaussettes et pataugeaient dans l'eau à qui mieux-mieux. Il était heureux que Wexford, contre son gré, ait consenti à enlever ses propres chaussures et à retrousser le bas de son pantalon pour se joindre à eux car Ben, jouant au bateau avec un morceau de bois, s'aventura trop loin, trébucha et tomba dans l'eau jusqu'au cou. Son grand-père le releva avant qu'il ait eu le temps de pousser un cri.

— Heureusement qu'il fait chaud. Tu seras sec avant d'être à la maison.

— Grand-père, porte-moi!

Robin s'assombrit.

— Nous allons nous faire passer un savon!

— Pas quand tu raconteras comment grand-père a bravement sauté dans l'eau pour sauver la vie de ton frère!

— Allons donc! Il n'y avait pas vingt centimètres d'eau! Il va se faire attraper et toi aussi; tu connais les femmes.

Mais il n'y eut pas d'algarade, ou plutôt, aucune autre

algarade que celle qui était déjà en cours. Wexford ignorait comment la discussion avait commencé, mais en arrivant avec les enfants par la porte-fenêtre, il entendit sa femme déclarer sur un ton sec, inhabituel chez elle :

— Personnellement, je pense que tu possèdes beaucoup plus que tu ne mérites, Sylvia : un bon mari, un bel intérieur, de beaux enfants. Crois-tu avoir jamais fait quoi que ce soit pour mériter plus que cela?

Sylvia sursauta. Wexford pensa qu'elle allait lancer quelques invectives bien senties, mais en voyant son fils plein de boue, elle le saisit dans ses bras et montant en courant au premier. En silence, Robin se décida à la suivre, un pouce dans la bouche, reprenant ainsi une habitude qu'il avait perdue depuis plusieurs années.

— Et tu me conseilles de ne pas être dur avec elle!

Dora répondit sans le regarder.

— Il n'est pas agréable d'entendre votre propre fille vous déclarer qu'une femme qui n'a pas de métier est un encombrement inutile quand elle a plus de cinquante ans. Il paraît que lorsqu'elle a perdu sa fraîcheur et sa beauté, son mari ne reste avec elle que par devoir parce qu'il faut bien que quelqu'un pourvoit à ses besoins.

Il était supéfait! Dora s'était détournée parce qu'elle avait les larmes aux yeux! Il se demanda depuis quand il ne l'avait pas vue pleurer. Probablement depuis la mort de son père, quinze ans plus tôt.

C'était la deuxième femme qu'il voyait pleurer ce jour-là. Du café et des sandwiches ne semblaient pas être le remède adéquat. Il se contenta de dire laconiquement :

— Il m'arrive souvent de penser que si j'étais célibataire à mon âge et que tu sois seule — ce qui ne saurait être — je te demanderais de m'épouser.

Elle s'efforça de sourire :

— Oh! Mr. Wexford, c'est si inattendu! Laissez-moi le temps de réfléchir.

— Non, je regrette. Nous allons célébrer nos fiançailles. Viens, je t'emmène dîner dehors et ensuite nous irons au cinéma. Inutile de prévenir Sylvia. Faisons une escapade.

— C'est impossible!

— Qu'est-ce que tu paries?

C'est ainsi qu'ils allèrent dîner chez Olive & Dove, Dora dans sa robe de coton et lui avec le bas de son pantalon tout mouillé. Puis ils virent un film où personne n'était tué et où il n'y avait ni enfants, ni petits-enfants, mais où les personnages vivaient à Paris, buvaient beaucoup et faisaient l'amour toute la journée. Il était onze heures et demie quand ils rentrèrent à la maison et Wexford eut la curieuse impression, quand Sylvia vint au devant d'eux, qu'ils étaient à nouveau jeunes et que Sylvia représentait les parents. Il s'attendait presque à l'entendre s'écrier : « Où êtes-vous allés et est-ce une heure pour rentrer à la maison? » Naturellement, elle ne dit rien de tel.

— Le Chef-Constable a téléphoné, Papa.

— A quelle heure?

— Une première fois à huit heures et de nouveau à dix heures.

— Il est trop tard pour l'appeler maintenant. Cela devra attendre jusqu'à demain.

Ayant les mêmes initiales et, jusqu'à un certain point, la même silhouette que le Général de Gaulle, Charles Griswold vivait dans une ferme aménagée dans le village de Millerton — Millerton-les-deux-Églises — pensait irréventieusement l'inspecteur-chef.

Wexford était loin d'être son officier préféré. Il le considérait comme un excentrique qui utilisait des méthodes dénoncées par Burden sur le quai de la gare.

— J'ai essayé de vous joindre hier soir, dit-il avec froideur quand Wexford se présenta à Hightrees Farm à neuf heures et demie le samedi matin.

— J'étais sortie avec ma femme, Monsieur.

Griswold ne pensait pas exactement que les officiers de police ne devait pas avoir de femme, il en avait une lui-même, mais, pour lui, la principale qualité d'une épouse était la discrétion et que l'une d'elles ait l'audace de sortir en compagnie de son mari quand il avait à discuter avec celui-ci, lui déplaisait souverainement. Il ne fit aucun commentaire.

— Je tenais à vous prévenir que ce mandat de perquisition a été signé. Il est entre les mains de la police de Kenbourne. Le superintendant Riffiter a prévu de l'utiliser demain matin et c'est par pure courtoisie que vous et un autre officier pourrez l'accompagner.

C'est *mon* enquête, pensa rageusement Wexford. Elle a été tuée sur *mon* territoire. Oh! Howard! Pourquoi es-tu à Teneriffe?

— Pourquoi pas aujourd'hui?

— Parce que je suis persuadé que cette maudite femelle va revenir demain matin comme elle est supposée le faire.

— Non, Monsieur, elle ne viendra pas. Elle est Rhoda Comfrey.

— Rittifer le pense aussi. Je peux aussi bien vous dire que si la demande avait reposé sur vos seuls arguments, l'obtention de ce mandait n'aurait pas eu mon agrément. Je vous connais. La moitié du temps, vous basez vos enquêtes sur vos fichues intuitions.

— Pas cette fois, Monsieur. Une femme a positivement identifié Rhoda Comfrey comme étant Rose Farriner sur la photographie. Elle a le même âge, elle a disparu à la même époque. Elle s'est plainte de souffrir d'appendicite il y a quelques mois alors que Rhoda Comfrey est allée consulter un médecin à ce sujet.

— Très bien, Reg, je ne prétends pas que vous ne connaissez pas votre métier.

CHAPITRE XII

La courtoisie du superintendent Riffiter n'alla pas jusqu'à être présent à la perquisition de Princevale Road. On ne pouvait l'en blâmer. À sa place, Wexford n'aurait pas davantage gâché ce beau dimanche ensoleillé. A deux heures, Burden et lui retrouvèrent donc Baker et le sergent Clements.

Parce que c'était un dimanche, ils étaient venus dans la voiture de Burden et la circulation avait été assez fluide. Maintenant que le moment était arrivé, Wexford commençait à éprouver de sombres pressentiments dont le germe avait été semé par Burden et le Chef Constable. Le fait même qui l'avait mis sur la piste de Rose Farriner le troublait à présent. Pourquoi serait-elle allée consulter un médecin du quartier sous le nom de Rhoda Comfrey, alors que tout le monde la connaissait sous le nom de Rose Farriner? Ensuite, il y avait les vêtements de Rhoda Comfrey. Il se rappelait avoir pensé que sa propre femme ne les aurait pas portés, même au temps où ils étaient pauvres. Certes, ils avaient les mêmes couleurs vives que ceux vendus dans la boutique de Montford Circus, mais ils étaient loin d'être de la même qualité. Mrs. Cohen se serait-elle félicitée de les avoir achetés à prix coûtant en les décrivant comme « ravissants »? La seule identification positive avait été bien imprécise, établie par une jeune femme qui paraissait anémique et nerveuse et dont le témoignage était, pour le moins, sujet à caution. Burden aurait-il eu raison au sujet du portefeuille?

Il descendit de voiture et regarda la maison. Même d'en bas, il pouvait se rendre compte que les doubles rideaux étaient de qualité. Les fenêtres avaient des doubles-vitres. Le hall d'entrée était garni de plantes vertes. Il en avait vu de semblable chez le fleuriste à vingt-cinq livres. Une femme qui pouvait se permettre de vivre sur ce pied, garderait-elle un portefeuille trouvé dans un autobus? Peut-être si elle menait une double vie et possédait deux personnalités distinctes. De plus, le portefeuille avait été perdu dans un autobus qui passait par Kenbourne Vale.

Avant que Baker ait pu glisser la clef de Mrs. Farriner dans la serrure, Wexford essaya les deux clefs qu'il avait trouvées dans le trousseau de Rhoda Comfrey. Ni l'une, ni l'autre ne convenait.

— Mauvais début, murmura Burden.

— Pas forcément, j'aurais dû apporter toutes les clefs que j'ai trouvées dans les tiroirs.

Wexford vit bien que cela ne plaisait guère à Baker, mais celui-ci ouvrit quand même la porte et ils entrèrent. A l'intérieur, il faisait une chaleur insupportable et il régnait une odeur de cire et d'insecticide. Wexford ouvrit la porte du garage. Celui-ci était vide. Des serviettes propres étaient posées dans le cabinet de toilette et il y avait une savonnette neuve sur le lavabo. La seule autre pièce de cet étage avait une moquette noire et des rideaux à dessins géométriques noirs et blancs ornaient la baie vitrée. Cette pièce était sommairement meublée de deux gros fauteuils en cuir noir, d'une table basse et d'un poste de télévision.

Ils montèrent l'escalier, négligeant pour l'instant le premier étage pour aller directement en haut où se trouvaient trois chambres et une salle de bains. L'une des chambres était entièrement vide, la seconde était garnie d'un lit à une place, d'une armoire et d'une table de chevet. Tout paraissait extrêmement net. Dans la salle de bains, il y avait également des serviettes propres; une armoire à pharmacie contenait de l'aspirine, un aérosol, un petit flacon d'antiseptique et un paquet de kleenex. Wexford se demanda si Rhoda Comfrey avait jamais marqué quelque chose de sa personnalité, mais la vue de la chambre le fit changer d'avis.

La pièce était grande et luxueuse. Il ne put s'empêcher de la comparer à la chambre d'amis de la Villa Carlyle. Depuis lors, Rhoda avait parcouru une longue route. Le lit était ovale, recouvert d'un tissu beige ressemblant à de la fourrure avec deux oreillers en même tissu. Une épaisse moquette marron recouvrait le sol. L'un des murs était un miroir, un autre entièrement vitré, donnait sur la rue, un autre encore était constitué de placards encastrés et le quatrième enfin était garni de morceaux de verre brun. Sur la coiffeuse étaient rangés des flacons de parfum, des crèmes de beauté et un assortiment de brosses en argent.

Ils regardèrent les vêtements dans la penderie. Ensembles, tailleurs, manteaux, robes de ville et du soir à profusion et de qualité bien différente de ce que Rhoda Comfrey avait porté.

Au premier étage se trouvait un living-room en forme de L. La cuisine occupait l'espace entre les jambages du L. Le réfrigérateur était branché et contenait une livre de beurre, des légumes sous plastique et une douzaine d'œufs.

Moquette beige dans la pièce principale, murs couleur café, peintures abstraites, divan et fauteuils en cuir fauve. Les bibelots, absents ailleurs, étaient nombreux ici. Porcelaines chinoises, dont un bol qui pouvait être un Sung, une peinture représentant des paysans et des oiseaux jaunes avec des taches rouges. Ce n'était sûrement pas un *véritable* Chagall... ou en était-ce un?

— Il n'est pas étonnant qu'elle nous ait demandé de surveiller sa maison, murmura Baker.

Clements se lança dans un discours inutile sur l'imprudence des gens fortunés. Wexford coupa court à cette homélie.

— Voici ce qui m'intéresse, dit-il en désignant un petit

secrétaire avec quatre tiroirs sur lequel était posé un téléphone blanc.

Il imagina Rhoda Comfrey téléphonant à sa tante, tandis que son compagnon venait de la cuisine, portant peut-être la glace pour l'apéritif. Le Dr Lomond l'avait mise en garde contre l'alcool, mais elle possédait un bar bien approvisionné. Pernod, Campari aussi bien que Whisky et Gin. Il ouvrit le premier tiroir du bureau.

Un dossier intitulé « voiture » contenait la police d'assurance d'une Citroën. Pas de permis de conduire. Un autre dossier intitulé « maison » contenait une seconde police d'assurance et un grand nombre de factures. Enfin, un dossier « banque » ne comportait qu'un seul reçu de la Banque Barclays, Montford Circus W 19.

— Et pourtant, elle n'avait pas de carnet de chèques ou de cartes de crédit sur elle, remarqua Wexford.

Dans le second tiroir, il trouva du papier à lettres portant l'adresse de la maison, gravée dans un angle. Dessous, Wexford aperçut un carnet de téléphone. Il le feuilleta C, pour Comfrey, P pour Père, H, pour Hôpital, S, pour Stowerton et revint à C, pour Crown. Rien.

Soudain Burden s'exclama d'une voix curieusement haut perchée : — Regardez, voici quelque chose...

Il avait ouvert le tiroir d'une table basse, placée devant la fenêtre. Wexford s'approcha. Dehors, une portière de voiture claqua...

— Vous devriez examiner ceci, dit Burden en lui tendant un document.

Mais avant que Wexford ait pu s'en saisir, on entendit la porte d'en bas s'ouvrir.

— Attendez-vous quelqu'un? demanda Wexford en se tournant vers Baker.

Celui-ci ne répondit pas. Avec le sergent, il se dirigea vers l'escalier. Ils se conduisaient comme des voleurs surpris au milieu d'une effraction et le mot « Voleurs » fut le premier que prononça la femme qui monta l'escalier en courant et s'arrêta devant eux.

— Des voleurs! Ne me dites pas qu'il y a eu une effraction!

Elle regarda autour d'elle les tiroirs ouverts.

— Mrs. Cohen m'a affirmé que la police était dans la maison. Je n'arrivais pas à y croire! Pas le jour de mon retour!

Un homme grand et mince l'avait suivie, elle se retourna vers lui.

— Oh! Bernard, regarde! Pour l'amour du ciel qu'est-il arrivé?

D'une voix caverneuse, Baker déclara :

— Rassurez-vous, Madame, rien n'a été dérobé. Il n'y a pas eu d'effraction. Je crois que nous vous devons des excuses.

C'était une grande femme brune, bien faite, qui paraissait quarante ans, mais pouvait avoir davantage. Elle était belle, très fardée sur son hâle et portait un jean de luxe avec un chemisier de soie rouge. L'homme qui l'accompagnait semblait plus jeune. Il était blond, bien découplé et avait un visage rude.

— Que faites-vous avec mon extrait de naissance? demanda-t-elle à Burden.

Il lui tendit gauchement le document accompagné d'un certificat de divorce. Elle le regarda avec étonnement. Wexford demanda :

— Êtes-vous Mrs. Rose Farriner?

— Naturellement! Pour qui me preniez-vous?

Il le lui dit. Il expliqua qui il était et ce qu'il faisait là.

— Cette histoire est extravagante, dit l'homme appelé Bernard, si tu veux déposer une plainte, Rosie, tu peux compter sur mon témoignage. Je n'ai jamais entendu parler d'une aventure pareille!

Mrs. Farriner s'assit. Elle regarda la photographie de Rhoda Comfrey et le journal que Wexford lui montra.

— Je crois que je vais boire un verre, Bernard. Du whisky, s'il te plaît. Je pensais que vous étiez là parce que des voleurs s'étaient introduits dans la maison. Et voilà que vous prétendez que vous me preniez pour cette femme... quel est son nom? Rhoda Comfrey? Eh bien, non, ce n'est pas moi. J'ai quarante et un ans et non pas cinquante. Mon père est mort alors que j'avais neuf ans et je ne suis jamais allée à Kingsmarkham de toute ma vie. Merci, Bernard... Hum... cela va mieux! J'ai vraiment eu un choc! Seigneur! Je ne comprends pas comment vous avez pu commettre une erreur aussi grossière!

Elle tendit les papiers à Wexford qui les lut en silence.

Rosemary Julia Golbourne était née quarante et un ans plus tôt à Northampton. La seconde feuille de papier indiquait que le mariage qui avait eu lieu entre Rosemary Julia Golbourne et Godfrey Farriner en l'église du Christ à Lancaster Gate en avril mil neuf cent cinquante-neuf, avait été dissous quatorze ans plus tard par un jugement du tribunal de Kenbourne.

— Si vous aviez attendu une semaine de plus, dit-elle, j'aurais pu vous montrer un nouveau certificat de mariage.

L'homme blond avait posé la main sur son épaule et regardait Wexford.

— Je ne peux que m'excuser très sincèrement, Mrs. Farriner et vous assurer que nous n'avons causé aucun dommage et que tout sera remis en place.

— Tout cela est très joli, dit Bernard, mais vous vous êtes cru autorisés à entrer dans la maison de ma future épouse et à fouiller dans ses papiers sur des preuves bien fragiles.

Heureusement, Mrs. Farriner prit le parti d'en rire.

— Oh! c'est ridicule! Une vie secrète! Une femme mystérieuse! Et cette photographie! Voulez-vous savoir à quoi je ressemblais quand j'avais trente ans? Il doit y avoir une photo de moi dans ce tiroir.

Elle exhiba le portrait d'une jolie fille, aux cheveux bruns bouclés, avec de grands yeux et un visage plus doux et souriant qu'il ne l'était maintenant.

— Oh! Franchement, je préfère en rire. La pauvre créature! Mais me confondre avec cette vieille fille refoulée qui s'est fait poignarder dans un chemin de campagne, c'est trop drôle!

— Je dois avouer que tu prends fort bien la chose, Rosie!

Mrs. Farriner regarda Wexford et s'arrêta de rire. Il pensa qu'elle était bonne, sinon sensible.

— Je n'engagerai pas de poursuites, si c'est ce que vous craignez. Je ne déposerai aucune plainte. Maintenant que j'ai surmonté une émotion bien naturelle, nous n'en parlerons plus. Que diriez-vous d'une bonne tasse de café?

Wexford n'était pas encore remis du choc. Il refusa l'offre de Baker de retourner au poste de police. Il avait besoin de marcher. Burden et lui partirent à pied. En dépit de leur bonne éducation, un certain nombre de voisins étaient sortis pour assister à leur départ. Ce que, plus tard, certains appelèrent « le raid de la police » serait le sujet des conversations pendant le week-end.

— On va se faire passer un savon, dit Burden, employant inconsciemment les mêmes mots que Robin deux jours plus tôt.

— C'est couru. J'aurais dû vous écouter.

— Eh bien... je n'ai pas dit grand chose! Il s'agissait d'une impression, d'une association d'idées et vous savez combien je me fie peu aux intuitions.

Wexford resta silencieux. Ils étaient arrivés au bout de la rue qui rejoignait Montford Hill.

— Quelle était cette fameuse intuition? Je suppose que vous pouvez me le dire maintenant.

— Vous me posez la question à l'endroit exact où j'ai eu cette intuition. Très bien, je vais tout vous raconter. Supposons que Rhoda Comfrey soit en route pour aller voir le Dr Lomont dont elle a relevé le nom sur l'annuaire. Elle vient à pied de la station de Parish Oak. Pour une raison que nous ignorons, elle ne veut pas donner au médecin sa véritable adresse, aussi doit-elle en trouver une fausse qui soit dans le quartier. Jusque-là, elle n'y a pas pensé, mais en passant devant le marchand de tabac, elle lève la tête, et que voit-elle?

Wexford leva la tête :

— Une réclame pour une lessive et... Bon Dieu, Mike! Une publicité pour les cigarettes *Players n° 6!* C'est bien ce qui vous a frappé la première fois que nous sommes venus ici : elle a vu ce n° 6, et juste au-dessous, blanc sur noir, le nom de la rue : Princevale Road.

Burden hocha la tête d'un air confus.

— Je crois que vous avez raison, Mike, c'est ainsi que les gens réagissent. De façon inconsciente. Le secrétaire du Dr Lomond lui a demandé son adresse quand elle est arrivée et la première idée qui lui est venue à l'esprit ce fut ce n° 6, Princevale Road!

Wexford se frappa le front avec la main et s'écria :

— Bien sûr! J'aurais dû y penser. J'ai eu un cas semblable, il y a des années. Et a Kenbourne Vale, par-dessus le marché! Une fille se faisait appeler Loveday parce qu'elle avait lu ce nom sur une boutique. Oh! Mike, vous auriez dû me parler de cela la semaine dernière!

— M'auriez-vous cru si je vous l'avais dit?

Aussi emporté qu'il fût, Wexford était un homme juste.

— C'est possible... Mais j'aurais quand même voulu perquisitionner dans cette maison.

Burden haussa les épaules :

— Nous voilà revenus à notre point de départ, n'est-ce pas?

CHAPITRE XIII

Il était inutile de tergiverser. Il se rendit directement à Hightrees Farm. Griswold l'écouta avec une expression dédaigneuse. Au milieu de l'exposé, il se servit une Fine à l'eau, sans rien offrir à son subordonné. Quand celui-ci eut terminé, il demanda :

— Lisez-vous jamais les journaux?

— Oui, Monsieur, naturellement.

— Avez-vous remarqué comment, peu à peu, depuis environ dix ans, la presse affirme à ses lecteurs que leurs libertés essentielles sont constamment menacées? Et qui est le plus visé dans cette campagne de dénigrement systématique? La police! Vous le constaterez dès demain matin.

— Je ne crois pas que Mrs. Farriner s'adressera à la presse.

— Elle racontera son aventure à ses amis, n'est-ce pas? Il s'en trouvera bien un pour le répéter à un journaliste?.

Le chef-Constable, qui parlait de son cher Sussex comme le Général avait l'habitude de se référer à sa *belle France,* avec jalousie et respect, reprit :

— Comprenez-moi, je ne permettrai pas que la réputation, jusqu'ici sans tache, de la police du Sussex, soit traînée dans la boue par une presse déchaînée! Je ne tolérerai pas que son efficacité soit mise en question par la faute d'un écervelé qui s'appuie sur des déductions psychologiques au lieu de s'en tenir à des preuves matérielles!

Wexford blêmit. « Écervelé » était dur à avaler. Il blêmit encore davantage quand Griswold poursuivit — en l'appelant « Reg », ce qui signifiait qu'il n'y aurait pas de sanctions immédiates :

— Cette femme est morte depuis deux semaines, Reg! et, pour autant que vous le sachiez, elle pourrait aussi bien être tombée de la planète Mars. Elle pourrait avoir débarqué d'un vaisseau spatial qui aurait atterri à Kingsmarkham! Vous savez que je ne me soucie pas de faire appel au Yard, mais j'y serai contraint si mes propres hommes n'obtiennent pas de meilleurs résultats avant la fin de la semaine, Il me semble que vous pouvez faire mieux, pour quelqu'un dont la photographie paraît dans les journaux, comme une vedette de cinéma!

Sylvia était assise dans la salle à manger devant la table couverte de formules de demande d'emploi et de formulaires d'inscription à des cours.

— Tu t'y prends un peu tard pour les inscriptions, dit son père, les cours commencent le mois prochain.

— J'ai l'intention de trouver un emploi cette année et de suivre les cours l'année prochaine. Je vais demander une bourse.

— Ma chérie, tu n'as pas la moindre chance de l'obtenir. On jugera ta demande sur le salaire de Neil. C'est ton mari.

— Peut-être plus pour longtemps! Oh! je suis malade de voir toujours les hommes tout diriger! Il n'est pas juste d'accepter que mon mari paie pour moi, comme il paie pour les enfants!

— C'est tout aussi juste que d'accepter que les contribuables paient pour toi. Je sais que mon point de vue ne t'intéresse pas, mais je vais quand même te le donner. Dans le monde d'aujourd'hui, les femmes doivent prouver qu'elles sont aussi capables que les hommes. Eh bien, prouve-le! Suis des cours du soir ou par correspondance dans une branche qui t'apportera un emploi rémunérateur. Cela te prendra cinq ans. A ce moment-là, tu n'auras plus les enfants sur les bras. Quand tu auras trente-cinq ans, toi et Neil aurez chacun votre carrière et une domestique que vous paierez tous les deux. Plus personne ne te traitera alors d'esclave ou de bonne à tout faire.

Elle rumina d'un air sombre, puis, très lentement, elle se mit à remplir le formulaire, à la mention « qualifications ». Wexford nota que la liste en était courte. Elle barra la ligne indiquant « Mr. Mrs. ou Miss » et écrivit « Ms. » puis elle releva la tête en secouant son abondante chevelure.

— Je suis heureuse d'avoir des fils. Je serais désespérée d'avoir des filles. N'as-tu pas souhaité un fils?

— Je suppose que oui, avant la naissance de Sheila. Mais dès qu'elle a été là, je n'y ai plus pensé.

— N'as-tu jamais songé à ce que nous aurions à souffrir? Tu es intelligent et sensible, Papa, ne vois-tu pas comment nous sommes exploitées, humiliées et utilisées par les hommes?

C'en fut trop. Elle était assise là, grande et belle, éclatante de santé, la jeunesse fleurissant sur ses joues comme la rosée du matin. Une bague en brillants ornait sa main, ses cheveux étaient parfumés avec du *Rive Gauche* d'Yves Saint-Laurent. Sa sœur, saluée par la critique comme « la jeune actrice la plus prometteuse de sa génération » possédait un grand appartement à St john Wood où, son père l'avait souvent remarqué, elle exploitait et utilisait à son profit, tous les hommes qui le fréquentaient.

— Je ne pouvais te renvoyer, n'est-ce pas? s'écria-t-il, je ne pouvais rendre à Dieu l'enfant qui m'était échue pour une variété masculine. Je sais exactement ce que Freud ressentait quand il prétendait qu'une question l'intriguerait toujours : Que désirent les femmes?

— Être des êtres humains!

Il eut un grognement sarcastique et préféra sortir. Les Crocker et un ménage voisin venaient prendre l'apéritif.

Le docteur entraîna Wexford au premier et sortit son sphygmo-tensiophone.

— Vous avez mauvaise mine, Reg. Qu'est-ce qui ne va pas?

— C'est à vous de me le dire. Comment est ma tension?

— Pas mauvaise. Est-ce à cause de Sylvia?

Il répugnait à expliquer pourquoi sa fille et ses petits-enfants étaient chez lui. Les gens cataloguaient les autres selon des critères bien définis. On présumait que Sylvia ou son mari avaient été infidèles ou que Neil s'était montré cruel. Il ne pouvait déclarer que sa fille était victime du M.L.F. et supporter les regards de commisération.

— En partie, répondit-il laconiquement, et puis il y a cette affaire Comfrey. J'en rêve la nuit, Len! Je me torture la cervelle à son sujet et je m'en veux d'avoir commis cette bévue. Griswold m'a incendié hier après-midi.

— Il arrive à tout le monde de se tromper, dit Crocker sur le ton d'un proviseur libéral.

— Elle avait un regard sardonique quand nous l'avons trouvée, je ne sais pas si vous l'avez remarqué. J'ai l'impression qu'elle continue à se moquer de moi du fond de sa tombe. Comme dirait Mike, je crois que je perds vraiment la boule!

Mais Mike ne dit rien de tel. Il savait quand il devait traiter l'inspecteur-chef avec circonspection. Cependant, Wexford se détendit un peu en constatant qu'il n'y avait rien dans les journaux de lundi et mardi sur le fiasco du samedi.

— Cette affaire n'a pas été qu'un sujet de vexation, dit-il, elle nous aura au moins appris quelque chose. La disparition de Rhoda Comfrey peut n'avoir pas été remarquée de ses voisins parce que l'on s'attendait à son départ en vacances. Quelqu'un finira peut-être par se manifester si nous avons un peu de patience.

— Pourquoi y aurait-il une réaction à ce stade?

— Précisément parce que nous sommes arrivés à ce

stade. Pour combien de temps la majorité des gens partent-ils en vacances?

— Environ quinze jours.

— Justement. Aussi ses amis et ses voisins ne vont commencer à s'étonner de son absence que lundi, quand elle ne répondra pas au téléphone et ne se présentera pas à son travail.

— C'est un bon argument.

— Dieu sait que tous les gens qui lisent les journaux dans ce pays doivent savoir que nous ignorons toujours son identité. La presse a suffisamment insisté sur ce point. Est-ce que ce ne serait pas merveilleux, Mike, si, en ce moment même, un citoyen bien inspiré entrait dans un poste de police au nord-ouest de Londres pour déclarer qu'il s'inquiète parce que son employée ou sa voisine n'est pas rentrée de Majorque?

Burden prenait toujours les expressions figuratives de Wexford à la lettre.

— Elle n'a pu aller à l'étranger, il lui aurait fallu un passeport.

— Vous savez aussi bien que moi qu'il existe des accommodements avec le ciel pour se procurer un passeport. Vous n'allez pas prétendre qu'une femme qui a été capable de nous mystifier depuis deux semaines n'aurait pas pu se procurer une demi-douzaine de faux passeports si elle l'avait voulu.

Burden s'entêta :

— De toute façon, elle n'est pas allée à Majorque, elle est venue ici pour se faire poignarder.

Il s'approcha de la fenêtre et remarqua :

— Il y a un nuage là-bas.

— Pas plus grand que la main d'un homme.

— Plus grand que cela, dit Burden sans reconnaître la citation du Livre des Rois. En fait, il y a beaucoup de nuages, et il prononça une phrase rarement proférée par un Anglais sur un ton d'espoir, voire d'étonnement : il va pleuvoir!

La pièce s'assombrit et ils durent allumer la lumière, puis un éclair zébra le ciel, suivi d'un coup de tonnerre et Burden ferma la fenêtre. Enfin la pluie se mit à tomber, paresseusement d'abord, en grosses gouttes intermittentes. Wexford se souvint que Sylvia, lorsqu'elle était petite, croyait que la pluie était contenue dans les airs dans un sac que quelqu'un devait percer.

Il alla s'asseoir à son bureau et téléphona, une fois de plus, au bureau des personnes disparues. Mais personne n'avait signalé la disparition d'une femme répondant au signalement de Rhoda Comfrey.

Ce n'était que le milieu de l'après-midi. Il restait encore du temps pour que le citoyen bien inspiré se décidât enfin...

Ce jour-là était le jour où quelque chose devait se passer.

Le sac avait enfin été percé dans les cieux et la pluie tombait maintenant en rafales contre les vitres, amenant un brusque abaissement de la température. Wexford réprima un frisson. Pour la première fois depuis des semaines, il avait froid et il dut mettre son veston.

Il se prit à voir un présage dans cet orage. Ce changement de temps signifiait un autre changement. Sottise que tout cela! Superstition de vieille femme radoteuse! Par deux fois il avait cru tenir des indices. Les deux s'étaient révélés faux.

A six heures, il n'y avait toujours eu aucun appel téléphonique se rapportant à Rhoda Comfrey. Néanmoins, il attendit encore. Sept heures, puis sept heures et demie arrivèrent. L'orage était passé, seule la pluie continuait à tomber. A huit heures moins le quart, sa foi dans les pressentiments s'émoussa. Cette journée avait été l'une des plus mornes qu'il ait jamais connue. Il rentra chez lui sous une pluie battante.

On aurait dit une soirée d'hiver. Depuis fin juillet, les portes fenêtres n'étaient fermées que la nuit et l'on était le vingt-trois août. Ce soir-là, non seulement elles étaient fermées, mais les longs rideaux de velours étaient tirés.

— J'avais envie d'allumer un feu de charbon, dit Dora qui avait branché un radiateur électrique.

— Tu as bien assez d'occupations sans cela.

S'occuper des enfants, préparer des repas pour cinq au lieu de deux, pensa Wexford avec humour.

— Où est passée Sylvia?

— Elle est allée voir Neil, je suppose. Elle a parlé de présenter un ultimatum.

Wexford eut un geste d'impatience. Il se mit à marcher dans la pièce et ne s'arrêta que parce qu'il craignît d'agacer sa femme.

— Qu'y a-t-il, chéri? demanda Nora, je n'aime pas te voir ainsi.

Il haussa les épaules.

— Je devrais être au-dessus de cela. Il existe une annecdote au sujet de saint Ignace de Loyola. Quelqu'un lui ayant demandé ce qu'il ferait si le Pape décidait de dissoudre l'ordre des Jésuites, il répondit : dix minutes d'oraison et tout serait pareil pour moi. J'aimerais avoir cette sagesse.

Elle sourit :

— Je ne te demanderai pas si tu aimerais en parler.

— Cela ne servirait à rien. J'ai discuté de cette affaire Comfrey jusqu'à épuisement. Quant à Sylvia, que pourrais-je ajouter? Je suppose qu'elle finira par divorcer et qu'elle restera ici avec les enfants. Je lui ai assuré qu'elle était chez elle et, naturellement, je le pensais. J'ai lu une statistique, l'autre jour. Un mariage sur trois se termine par un divorce. Le sien en fait partie. C'est tout et cela ne me rend pas joyeux.

Le téléphone sonna et, avec un soupir, Dora se leva pour répondre.

— Je prends la communication, dit Wexford en décrochant.

C'était la sœur de Dora qui appelait du pays de Galles comme elle le faisait presque chaque semaine. Il répondit que oui, il y avait eu un orage et que oui, il pleuvait encore avant de tendre le récepteur à sa femme. Deux semaines plus tôt, à peu près à la même heure, il avait reçu un coup de téléphone annonçant la découverte du corps de Rhoda

Comfrey. Il avait été confiant et plein d'espoir alors. Tout semblait si simple!

A travers tous ces faits sans importance et ces renseignements provenant de gens qu'il ne reverrait jamais et qu'il n'aurait même pas dû prendre la peine de questionner, surgissait un visage dur qui le regardait avec cette expression indéfinissable.

Elle avait cinquante ans, elle était laide, sans forme, mal habillée mais quelqu'un l'avait tuée avec passion, pour se venger. Un homme qui l'aimait avait cru qu'elle venait rencontrer un autre homme. C'était inconcevable, mais pourtant vrai. Poignarder de cette façon était toujours l'indice d'un crime passionnel. C'était l'explosion d'une jalousie ou d'une colère qui se manifestaient soudain. Personne ne tue de cette manière pour une question d'héritage ou d'avantages matériels.

— Ils ont eu un orage à Pembroke ce matin, dit Dora en revenant s'asseoir.

— Fantastique! dit son mari, puis il se reprit vivement : excuse-moi, je ne devrais pas m'en prendre à toi. Y a-t-il un bon programme à la télévision?

Elle consulta le journal.

— Hélas, rien qui t'intéresse! Pourquoi ne lis-tu pas?

— Qu'as-tu à me proposer?

— Les livres de la bibliothèque. Les miens et ceux de Sylvia. Ils sont sur la table à côté de ton fauteuil.

Il prit une pile de livres sur ses genoux et se mit à les feuilleter. Il était facile de deviner quels étaient ceux de Sylvia : *Le deuxième Sexe,* de Simone de Beauvoir et *Défense des droits de la femme* de Mary Wollstonecraft. Dora avait choisi un livre policier, une biographie de Marie-Antoinette et *Singes en Enfer* de Grenville West.

Sa première réaction fut d'écarter ce dernier, car il lui rappelait trop de mauvais souvenirs. La libération des femmes, même vue par la belle-mère de Shelley lui semblait presque préférable mais cette sorte de réaction aurait été sévèrement condamnée par Burden.

— Comment est ce livre?

— Pas mal. Il est bien documenté. Pourtant, je ne comprends pas à quoi se rapporte le titre.

— Il se réfère probablement à l'idée que les élisabéthains se faisaient des femmes non mariées. Selon eux, elles étaient destinées à conduire les singes en enfer.

— Que c'est curieux! Tu devrais le lire. C'est tiré d'une pièce intitulée *La tragédie de la vieille fille.*

Mais après un coup d'œil au portrait de l'auteur, pipe à la bouche, Wexford préféra le livre sur Marie-Antoinette. Pendant une heure, il s'efforça de se concentrer sur l'enfance et la jeunesse de la future Reine de France. Ce récit lui parut trop réel. Ces événements avaient vraiment eu lieu. Ils étaient de l'Histoire. Ce soir, il avait besoin d'évasion. Un roman policier, aussi loin de la réalité qu'il pût être, ne pouvait retenir longtemps son attention. Il reprit *Singes en Enfer.*

La biographie de Grenville West avait cessé de l'intéresser, mais il était de ces gens qui, avant de lire un livre, aime prendre connaissance de la note que les éditeurs font généralement paraître sur la première page. Après tout, si le résumé de l'intrigue lui déplaisait, il était inutile d'aller plus loin.

L'histoire était tirée d'une pièce de Fletcher et Beaumont, un drame du temps du Roi Jacques qui se situait à Rhodes. Cependant, West avait transposé le récit en Angleterre dans son cadre de maisons à toits de chaume et de jardins en fleurs. Roi et princes devenaient des aristocrates du XVIIe siècle. Ce n'était pas une mauvaise idée, pensa Wexford. Il tourna la page et poussa une exclamation de surprise.

— Qu'y a-t-il? demanda Dora.

Il ne répondit pas. Il regardait deux lignes écrites en italique sur la page blanche :

Pour Rhoda Comfrey, sans qui ce livre n'aurait jamais été écrit.

CHAPITRE XIV

— Une nouvelle fausse piste, déclara Burden.

— Ce n'est pas une fausse piste. Si ce n'est pas la preuve que West la connaissait, je me demande ce qu'il vous faut! Il la connaissait même depuis des années. Regardez, Mike, ce livre a été publié il y a dix ans!

Il faisait une belle journée fraîche. La pluie avait lavé les toits et les trottoirs, laissant une légère brume et le baromètre enregistrait une température saine et agréable de dix-huit degrés.

Burden se tenait près de la fenêtre et examinait l'exemplaire de *Singes en Enfer* avec une expression sévère. Enfin, il prononça son verdict :

— Un tas de sottises! Oui, le bouquin a bien paru il y a dix ans. Pourquoi diable l'éditeur ne vous a-t-il pas dit que West avait dédicacé ce livre à cette femme?

— Il l'a peut-être oublié, s'il l'a jamais su. De toute façon, je me refuse à croire qu'un homme aussi respectable qu'Hampton soit mêlé à un complot pour nous cacher l'existence d'une amitié entre West et Rhoda Comfrey. Il en va de même pour son agent littéraire ainsi que pour Vivian et Polly Flinters. Tous ignorent cette dédicace.

— Cette histoire de portefeuille est également curieuse. Il doit le lui avoir offert. L'alternative n'est guère concevable.

— Il existe tout de même une autre possibilité. Il a pu

l'oublier chez elle et, ne sachant pas où il était en vacances, elle a pu le garder jusqu'à son retour.

— Et elle s'en serait servi? Je ne crois pas beaucoup à cette hypothèse. De plus, les deux jeunes filles vous ont affirmé qu'il l'avait perdu et qu'il avait demandé à Polly de le signaler à la police.

— Mentiraient-elles toutes les deux, alors? Et pourquoi?

Burden changea de sujet.

— Naturellement vous allez le faire rechercher, maintenant.

— Je vais essayer. J'ai déjà pris contact avec la police française en la personne du Commissaire Laquin de Marseille. Nous avons déjà travaillé ensemble sur une affaire. C'est un chic type.

— J'aurais aimé entendre votre conversation!

Wexford répondit avec froideur :

— Il parle fort bien l'anglais. Si West est dans le sud de la France, il le trouvera. Ce ne devrait pas être très difficile, même s'il se déplace. Il doit produire son passeport.

Burden se gratta le menton en jetant à Wexford ce regard de côté qui présageait une suggestion hasardeuse :

— Dommage que nous ne puissions aller chez West.

— Avez-vous perdu l'esprit? Voulez-vous que je me retrouve à battre la semelle ou dans le genre d'emploi que Malina Patel imaginait pour moi? Seigneur, Mike, je nous vois déjà pris sur le fait par ce West pendant que nous fouillons ses papiers!

— Bien entendu, vous allez demander à Laquin de renvoyer West chez lui. Supposez qu'il refuse? Il peut trouver un peu fort d'être obligé d'abréger ses vacances parce qu'une femme qu'il connaît a été assassinée.

— Laquin lui demandera de l'accompagner au poste de police et il me téléphonera pour que je puisse m'entretenir avec West. Ce sera un début. Si ce dernier peut nous fournir l'adresse de Rhoda Comfrey à Londres, il n'aura pas besoin de revenir. Nous verrons. Nous ne pouvons prendre aucune mesure pour l'obliger à rentrer. Pour autant que nous le sachions, il n'a commis aucun délit et il est très possible qu'il n'ait pas lu un seul journal anglais depuis son départ. C'est même fort probable s'il est un tel francophile.

— Pourquoi ce livre n'aurait-il pu être écrit sans elle? demanda Burden.

— Cela signifie seulement qu'elle l'a aidé d'une façon ou d'une autre. Elle a pu effectuer des recherches pour lui, ce qui pourrait indiquer qu'elle travaillait dans une bibliothèque. De toute façon, cette dédicace semble prouver que West n'avait aucune intention de cacher leurs relations.

— Espérons-le. Vous allez donc rester planté devant ce téléphone au cours des prochains jours, n'est-ce pas?

— Non, dit Wexford, c'est vous qui allez rester là. J'ai autre chose à faire.

La première aurait dû être de questionner les deux jeunes filles mais, pour cela, il faudrait attendre leur retour à la maison le soir. La seconde, peut-être une visite chez Silk & Whitebeam, cette boutique de Jermyn Street, afin de découvrir en détail les circonstances de l'achat du portefeuille. Et pourtant, tout ne serait-il pas expliqué dès que West se manifesterait? Wexford avait l'impression — quel anathème cela aurait été pour le chef Constable! — que West ne serait pas facilement retrouvé.

Il envoya Loring chez Silk & Whitebeam et Bryant dans toutes les bibliothèques de Londres pour savoir si un membre féminin du personnel n'aurait pas prolongé ses vacances au-delà du temps prévu. Lui-même se rendit à Forest Road.

La jeune Mrs. Parken, tenant un bébé sur la hanche, et la vieille Mrs. Parker, brandissant un couteau à éplucher les pommes de terre, regardèrent l'exemplaire de *Singes en enfer* non pas comme si c'était un roman historique, mais comme un objet incongru. Les bébés et l'épluchage des légumes suffisaient à remplir leurs journées.

— Un ami de Miss Comfrey? dit Stella avec surprise.

Il semblait hors de sa compréhension qu'une personne qu'elle connût put aussi être en relations avec quelqu'un de célèbre. Grenville West était célèbre, à ses yeux, pour la simple raison que son nom était imprimé sur un livre.

La grand-mère manifesta moins de surprise.

— Rhoda s'est toujours efforcée de s'élever. Je ne serais pas étonnée qu'elle connût le Premier Ministre!

— Mais savez-vous de façon formelle si elle était une amie de Grenville West?

— Parlez plus fort, jeune homme.

— Il veut savoir si vous savez qu'elle le connaissait, Nana, dit Stella Parker.

— Moi? Comment le saurais-je? La seule personne du nom de West que j'aie connue est Lilian.

Interloqué, Wexford se pencha vers elle :

— Mrs. Crown?

— C'est exact. Elle s'appelait Mrs. West quand elle est venue vivre avec Agnès. Et le pauvre petit John s'appelait également West. Je vous ai déjà raconté cela, jeune homme, quand nous parlions de noms.

— Je ne m'en souviens pas.

West est un nom courant, pensa Wexford en attendant le retour de Lilian Crown, assis dans sa voiture. Si Grenville West se trouvait de quelque manière allié par mariage avec Rhoda Comfrey, leurs relations s'expliquaient encore mieux. Si, par exemple, ils se considéraient comme des cousins, ainsi que bien des gens le font pour expliquer des liens qui ne sont pas justifiés par le sang, leur rencontre et leur amitié se comprenaient aisément. N'aurait-elle pas eu aussi l'idée de se faire appeler West, préférant ce nom courant mais plus euphonyque à celui plus rare de Comfrey?

Lilian Crown arriva chez elle au bras d'un homme âgé qu'elle n'essaya pas de présenter à Wexford. Ni l'un, ni l'autre n'étaient ivres en ce sens qu'ils tenaient sur leurs jambes, mais tous deux empestaient l'alcool.

De toute évidence, Mrs. Crown désirait que son ami l'accompagnât dans la maison, mais il refusa avec une protestation effrayée. Elle souleva ses maigres épaules en lui adressant une grimace affectueuse.

— Très bien, fit-elle sans lui dire au revoir et en entrant dans la maison sans se préoccuper de Wexford.

Il la trouva déjà assise sur le divan, occupée à ouvrir un paquet de *Marlboro*.

— Qu'y a-t-il encore?

Il savait qu'il se montrait trop sensible envers une femme qui l'était si peu, mais il lui semblait difficile d'imaginer — en dépit de son âge et de son expérience — qu'une femme, dont l'unique enfant était anormal, n'ait pas eu toute sa vie marquée par cette tragédie et bien qu'il sentît qu'elle lui répondrait avec indifférence à toutes les questions concernant son fils, il espérait pouvoir éviter ce sujet.

— Vous avez porté le nom de West avant de vous marier pour la deuxième fois, n'est-ce pas, Mrs. Crown?

— En effet, Ron, c'est-à-dire Mr. West, s'est fait tuer à Dunkerque.

Elle fit cette déclaration comme si elle impliquait que son premier mari s'était délibérément placé devant les balles allemandes.

— Qu'est-ce que cela à avoir avec Rhoda?

— Je vais vous l'expliquer dans un instant, si vous le permettez. Je suppose que Mr. West avait de la famille?

— Naturellement. Sa mère ne l'a pas trouvé dans un chou! Il avait deux frères et une sœur.

— Mrs. Crown, j'ai de bonnes raisons de m'intéresser à quiconque, lié avec votre nièce, porte le nom de West. Ces gens ont-ils eu des enfants? Savez-vous ce qu'ils sont devenus?

— Ethel, la sœur de mon mari, ne m'a jamais adressé la parole après mon mariage avec Ron. C'était une pimbèche qui se donnait des airs alors qu'elle n'était qu'une fille de fermier. Elle a épousé un Mr. Murdock. S'ils sont encore en vie, ils doivent tous les deux avoir plus de quatre-vingts ans.

Les frères s'appelaient Len et Sidney. Ce dernier a été tué à la guerre, lui aussi. Len s'en est tiré. Je m'entendais bien avec lui. Sa femme et lui m'envoient encore une carte de Noël tous les ans.

— Ont-ils des enfants?

Mrs. Crown alluma une seconde cigarette au mégot de la première et Wexford reçut un nuage de fumée en pleine figure.

— On ne peut parler d' « enfants ». Leslie et Charley doivent avoir près de quarante ans.

L'estime dans laquelle elle semblait tenir les parents ne s'étendait pas jusqu'aux enfants.

— J'ai reçu une invitation au mariage de Leslie, mais il m'a traitée comme une étrangère. J'ignore si Charlie est marié. Je sais qu'il est professeur. Il se croit sans doute supérieur à tout le monde.

— A votre connaissance, y aurait-il un Grenville West parmi eux?

Comme Mrs. Parker, Lilian Crown le jugeait stupide. Toutes les deux étaient ce genre de personne qui présume que les autorités ont la science infuse et doivent tout savoir des détails privés et intimes les concernant. L'autorité qu'il représentait ne les connaissait pas et, par conséquent, il était stupide.

— Bien sûr que si! Tous s'appellent Grenville West. C'est une sorte de nom de famille, bien que j'ignore comment un fermier a pu s'arroger le droit de donner à ses fils un nom pareil.

— Que voulez-vous dire exactement, Mrs. Crown? demanda Wexford qui se sentait un peu perdu.

Elle lui récita rapidement une liste de nom :

— Ronald Grenville West, Leonard Grenville West, Sidney Grenville West, Leslie Grenville West, Charles Grenville West.

Stupéfait, il demanda :

— Et votre nièce Rhoda, connaissait-elle tous ces gens?

— Elle a pu rencontrer Leslie et Charly quand ils étaient enfants, mais elle était beaucoup plus âgée qu'eux.

Il inscrivit tous les noms. Les adresses maintenant. Mrs. Crown put lui en fournir certaines. Les parents vivaient à Myflet, un village, non loin de Kingsmarkham, leur fils, Leslie, était dans le Kent. Elle ne savait pas où Charley habitait mais l'école où il professait était au sud de Londres.

Et maintenant, il fallait bien lui poser la question, car si tous les garçons de la famille West…

— Est-ce tout? demanda-t-il, il n'y a pas d'autres personnes qui s'appellent Grenville West?

— Je ne le crois pas. Excepté mon fils, naturellement, mais il ne compte pas, car il n'est pas normal. Il est placé dans une institution depuis son enfance. Cependant, il s'appelle John Grenville West.

CHAPITRE XV

Il n'y eut aucune nouvelle du commissaire Laquin ce jour-là. L'enquête de Loring se révéla plus satisfaisante et permit d'éclaircir enfin la question du portefeuille.

— Ces jeunes filles n'ont pas menti, expliqua Wexford à Burden, il a bien perdu son portefeuille dans un autobus, mais c'était son *vieux* portefuille. C'est ce qu'il a dit au vendeur de Silk & Whitebeam en achetant le nouveau pour le remplacer le jeudi quatre août.

— Et cependant, c'est ce nouveau portefeuille que nous avons trouvé en la possession de Rhoda Comfrey.

— Mike, je suis enclin à croire que le premier n'a pas été retrouvé et qu'il lui a donné le neuf, peut-être le samedi, alors qu'il était trop tard pour en parler à Polly Flinders. Rhoda a dû lui annoncer qu'elle avait eu cinquante ans la veille et il lui a offert le portefeuille comme cadeau d'anniversaire.

— Vous pensez qu'elle le considérait comme une sorte de cousin.

— C'est possible, mais je vois pas en quoi cela peut nous aider. Tous les Grenville West figurant sur la liste ont été contrôlés. Deux au moins sont morts, l'un est placé dans un hôpital, un autre a émigré avec sa femme en Australie. Le dernier, Charles Grenville West est professeur. Il est marié depuis cinq ans et habite Carshlaton. Le père, un John Grenville West, parle de cousins au second degré qui pourraient porter ce nom, mais il est vague à ce sujet. Je vais voir ce Charles.

La première chose que Wexford remarqua en entrant dans le salon de Charles Grenville West fut l'étagère de livres portant les titres familiers : *La femme d'Arden, Singes en enfer, Sa Grâce d'Amalfi, Bon vent d'Alicante, Tuée par la bonté.*

La maison était confortable et bien tenue. Mr. et Mrs. West souriaient et se montraient coopératifs. Au téléphone, l'inspecteur avait seulement indiqué à Charles West qu'il désirait l'entretenir d'une parente éloignée. West avait répondu qu'il se pouvait qu'il ait rencontré Rhoda Comfrey quand il était enfant, mais il était trop jeune pour s'en souvenir. Néanmoins, Wexford serait quand même le bienvenu.

Un verre de bière à la main, Wexford avait exposé les raisons de son voyage, puis avec un regard vers les livres, il remarqua :

— Votre homonyme semble être un de vos auteurs favoris.

West prit *Le vent souffle sur Alicante* et déclara :

— J'avoue que c'est le nom de l'auteur qui m'a poussé à lire son premier livre. Il m'a plu, aussi ai-je acheté les autres. Je me suis demandé si nous étions parents. J'avais cru voir une ressemblance familiale dans les traits de l'auteur, mais surtout, il y avait certains détails, quand l'action de ses livres se situe en Angleterre qui avaient retenu mon attention.

— Quel genre de détails?

— Eh bien, par exemple, dans *Tuée par la bonté,* il décrit un manoir dans lequel j'ai reconnu *Clythorpe Manor,* près de Myringham. Il y a un labyrinthe et une longue galerie que je connais bien. Je suis allé souvent dans cette propriété dans mon enfance car ma grand-mère y était placée avant son mariage. Charles West sourit : mes parents étaient tous des gens très humbles, mais ils vivaient dans cette partie du Sussex depuis des générations et continuaient à entretenir de bonnes relations avec les châtelains. Cela m'amena à me demander si Grenville West ne serait pas un parent puisqu'il semblait si bien connaître la région. J'ai demandé à mon père, mais il me répondit que la famille était trop nombreuse et avait trop de ramifications.

— Je m'étonne que vous n'ayez pas écrit à l'écrivain pour lui poser le question.

— Oh! je l'ai fait. Je lui ai adressé une lettre chez son éditeur. J'ai reçu une réponse fort aimable. Désirez-vous la voir? Ce n'est pas un parent, ajouta-t-il en allant chercher la lettre dans un tiroir.

Wexford lut :

Cher Mr. West,

Je vous remercie de votre lettre. Je suis heureux d'apprendre que vous avez eu plaisir à lire mes romans et j'espère que vous aimerez également *Sir Bounteous* qui sortira en librairie le mois prochain et qui est tiré de la pièce *Un monde fou, Mon Maître* de Middleton.

L'action de ce roman se situe en Angleterre et plus spécialement dans le Sussex. Je suis très attaché à votre région natale, mais je regrette de vous dire que je n'en suis pas originaire. Je suis né à Londres. La famille de mon père venait du Lancashire et celle de ma mère de l'Ouest. Grenville est le nom de jeune fille de ma mère.

Étant fils unique, de parents également enfants uniques, j'aurais aimé me découvrir des cousins, mais tout en le regrettant, je suis obligé d'avouer que ce n'est pas possible.

Bien sympathiquement vôtre,
Grenville West.

A l'exception de la signature, la lettre était dactylographiée. Wexford la rendit en soupirant. Malgré les précisions qu'elle apportait, il était déçu. Il y avait quelque chose de bizarre dans cette lettre, quelque chose qu'il ne pouvait définir. Le style était un peu prétentieux, voire arrogant et, de paragraphe en paragraphe, l'élégante élision sentait l'écrivain professionnel. Ce n'était pas cela qui était curieux... Il était fatigué de ces allusions, de ces « impressions », de ces *fingerspitzengefühl* qu'il semblait avoir perdus.

Aucune autre enquête n'avait été à ce point remplie de ces impressions qui ne menaient à rien. Il s'en voulait d'être incapable de les interpréter, mais quoi que Griswold pût dire, il savait qu'elles étaient vraies.

— Une charmante lettre, déclara-t-il.

Il aurait aimé pouvoir ajouter qu'elle lui paraissait être un tissu de mensonges.

Il restait un autre Grenville West à voir, celui qui traînait sa triste existence à l'hôpital d'Abbots Palmer. Wexford essaya d'imaginer ce que cet homme avait pu devenir et son cœur se serra.

Au surplus, il savait qu'il n'avait projeté ce déplacement que pour s'éloigner du poste de police, pour cesser d'attendre un appel téléphonique qui ne venait pas et de redouter d'apprendre que Griswold avait fait appel au Yard, car on approchait de la fin de la semaine. Jeudi était déjà là.

Ce n'était pas là une attitude que devait prendre un officier responsable. Il entra au poste de police. Le temps était redevenu lourd et chaud et il se crut revenu une semaine en arrière car, dans le hall, Malina Patel l'attendait à nouveau.

Une exquise main fine se posa sur sa manche. Les yeux limpides le regardaient avec confiance. Elle semblait plus petite et plus fragile que jamais.

— J'ai amené Polly avec moi.

Wexford se souvint de leurs précédentes rencontres. La première fois, il avait vu en elle une moqueuse provoquante, la seconde, une délicieuse écervelée. Maintenant, elle donnait l'impression de s'efforcer d'être bonne, d'agir par impulsion avec une charmante candeur, mais cette naïveté était-elle compatible avec le soin apporté à sa toilette? Cette apparente innocence était-elle naturelle?

Maudissant ses intuitions, il s'efforça de répondre avec affabilité :

— Oh! vraiment? Où est-elle?

— Elle a eu un malaise et l'un des policiers l'a accompagnée aux toilettes pour se rafraîchir.

— Très bien. Quelqu'un vous amènera toutes les deux à mon bureau quand elle se sentira mieux.

Burden était déjà là.

— Selon votre copain, il semble que l'on batte la France tout entière pour essayer de retrouver notre écrivain toujours absent. Il n'est pas allé à Annecy, quoi qu'ait pu prétendre sa secrétaire.

— Elle est en bas. Nous allons peut-être élucider ce mystère.

Les deux jeunes filles se présentèrent. Pauline Flinders avait le teint bilieux, sa lèvre supérieure tremblait sur ses dents proéminentes. Elle portait des jeans fanés et une blouse en coton froissée.

Malina aussi portait des jeans, taillés dans un tissu indéformable et d'une coupe parfaite, avec un sweater blanc orné d'un médaillon en or au bout d'une longue chaîne.

— Je l'ai obligée à venir, expliqua-t-elle, elle était dans tous ses états. J'ai craint qu'elle ne soit vraiment malade.

Elle s'assit après avoir coulé un long regard du côté de Burden.

— Qu'y a-t-il, Miss Flinders? demanda Wexford avec bonté.

— Dis-lui, Polly, tu me l'a promis et ce serait bête d'être venue pour rien.

Polly Flinders releva la tête et déclara en parlant très vite :

— Je n'ai pas reçu de carte de Grenville. Celle que je vous ai montrée datait de l'année dernière. L'oblitération n'était pas claire, j'ai pensé que vous ne le remarqueriez pas.

L'explosion de colère qu'elle attendait peut-être ne se produisit pas. Wexford hocha la tête.

— Vous pensiez aussi que je n'apprendrais pas qu'il connaissait Rhoda Comfrey et, cependant, il la fréquentait depuis des années, n'est-ce pas?

— Elle l'aidait avec ses livres. Elle venait souvent le voir chez lui, mais j'ignore où elle habitait. Je ne l'ai jamais demandé, je ne voulais pas le savoir. Quant à la carte postale...

— Peu importe cette carte, vous trouviez-vous avec Miss Comfrey dans l'appartement de Mr. West dans la soirée du cinq août?

Elle acquiesça de la tête en étouffant un sanglot.

— Et vous l'avez, tous deux, entendu téléphoner de chez lui et préciser où elle serait le lundi?

— Oui, mais...

— Dis la vérité, Polly, dis tout, je t'en supplie!

— Très bien, je vais vous souffler. Avez-vous une idée où se trouve Mr. West à présent? Non? Je pense que vous m'avez menti au sujet de cette carte postale parce que vous avez craint que Mr. West ne fût mêlé à la mort de Miss Comfrey.

Elle hocha la tête d'un air pathétique en se tordant les mains.

— Je pense que nous ne dirons rien de plus pour le moment. Je viendrai vous voir demain soir. Cela vous donnera le temps de vous ressaisir. Je vous demanderai aussi de me préciser le nom de l'homme avec qui vous avez passé la nuit du lundi. Voulez-vous y réfléchir?

A nouveau, elle fit « oui » de la tête. Malina paraissait déçue. Burden les raccompagna. En revenant, il déclara :

— Rhoda Comfrey faisait chanter West, je me demande pourquoi nous n'y avons pas pensé plus tôt?

— Parce que ce n'est pas une idée lumineuse. Je comprendrais que quelqu'un ait réussi à la faire chanter, elle, Rhoda Comfrey menait une vie secrète. Mais West?

— West est certainement un homosexuel. Pourquoi aurait-il rejeté Polly? Pourquoi se promenait-il à Soho le soir? Pourquoi fréquentait-il ces gens dans les bars et pourquoi entretenait-il cette amitié avec une femme plus âgée que lui sur des bases entièrement platonniques?

C'est un comportement d'homosexuels. Ils aiment s'entourer de femmes, mais de femmes *sûres*, mariées ou beaucoup plus âgées qu'eux.

Wexford s'étonna de ne pas y avoir pensé plus tôt. Une fois de plus, il se heurtait au solide bon sens de Burden. Son intuition n'avait-elle pas été alertée en lisant la lettre adressée à Charles West?

Pour la forme, il protesta :

— Ainsi, cette longue amitié se serait terminée par un chantage? Après plus de dix ans? Selon vous, elle l'aurait menacé de dévoiler ses mœurs dissolues? Pourquoi s'en serait-il soucié? De nos jours, cela ne choque plus personne et les homosexuels ont même tendance à se vanter de leurs goûts.

— Croyez-vous? Alors, pourquoi votre jeune amie indienne l'ignore-t-elle? Pourquoi son agent littéraire et son éditeur n'en ont-ils pas soufflé mot? Cela pourrait lui nuire auprès de ses lecteurs qui n'apprécieraient pas ces mœurs. Je suis de ceux-là, je peux vous l'assurer.

— Depuis quand êtes-vous de ses lecteurs?

Burden eut l'air gêné, comme il l'était chaque fois qu'on le surprenait en flagrant délit de lapsus littéraire.

— Depuis hier matin, avoua-t-il. Il fallait bien meubler le temps en attendant que le téléphone sonne. J'ai envoyé Loring acheter deux de ses romans en livres de poche. Je pensais qu'ils seraient trop calés pour moi, mais non. Je les ai trouvés plaisants à lire et vraiment, jamais je n'aurais supposé que l'auteur était un homosexuel.

— C'est vous qui le prétendez.

— Il ne veut pas que cela se sache. Il a même songé à se ranger en épousant Polly — ils le font généralement en arrivant à un certain âge, et Rhoda n'a probablement pas apprécié l'idée de ne plus pouvoir le fréquenter aussi assidûment, avec une épouse à la maison. Alors, elle a menacé de faire éclater un scandale s'il n'abandonnait pas Polly. Le voilà votre mobile!

— Cela n'explique pas comment il se trouve qu'il porte le même nom que toute la famille de Rhoda!

— Écoutez, votre Charles West lui a écrit en pensant

qu'ils pouvaient être parents. Pourquoi Rhoda n'aurait-elle pas fait la même chose, il y a des années, disons après avoir lu son premier livre Charles West n'a pas poursuivi la correspondance, mais elle a pu le faire. C'est peut-être ainsi qu'ils sont devenus amis, puis cette amitié s'est renforcée quand Rhoda a commencé à faire un travail de documentation pour lui, ce qui explique la dédicace de son troisième livre. Le nom n'est important que parce qu'il leur a permis de se rencontrer.

— J'espère seulement que, demain, West viendra nous voir, soupira Wexford.

Robin vint lui ouvrir la portière de la voiture.

— Merci beaucoup, dit Wexford, te voilà groom. Je suppose que tu veux un pourboire? Il tendit deux glaces qu'il avait achetées en chemin, une pour toi, une pour ton frère.

— Je ne pourrais pas recommencer, annonça Robin.

— Pourquoi cela? La rentrée des classes n'est pas pour demain et de toute façon, tu rentreras à la maison avant moi.

— Nous retournons chez nous, grand-père. Papa vient nous chercher à sept heures.

Wexford ne put exprimer ce qu'il ressentait à l'enfant. En dépit de son désir d'être seul avec Nora, il déclara avec sincérité :

— Tu me manqueras.

— Bien sûr, dit Robin.

Les enfants heureux ont une haute opinion d'eux-mêmes. Ils s'attendent à être aimés et regrettés.

— Nous ne verrons jamais le rat d'eau, conclut Robin avec regret.

— Nous le verrons une autre fois. Tu ne pars pas pour le Pôle Nord!

Le petit garçon se mit à rire et courut porter la glace à son frère. Wexford entra dans la maison. Sylvia était en haut, occupée à faire ses valises. Il posa son bras sur son épaule en disant avec affection :

— Ainsi, ma chérie, Neil et toi avez réglé votre différend?

— Non, pas exactement. Il a seulement promis de m'aider à obtenir mes examens si je commençais l'année prochaine. Et... et il m'a acheté un lave-vaisselle! Elle eut un petit rire honteux et conclut : mais ce n'est pas ce qui me fait rentrer à la maison!

— Je crois connaître ta raison.

Elle détourna la tête. Malgré sa haute taille et sa corpulence majestueuse, il y avait en elle de la timidité et une certaine gaucherie quand elle murmura :

— Je ne peux vivre sans lui, Papa. Il m'a terriblement manqué.

— C'est une excellente raison pour rentrer.

— Il y a aussi une autre raison. Vois-tu, on peut bien affirmer que les femmes sont les égales des hommes, mais on refuse de leur donner les mêmes situations, parce que les hommes ont des préjugés à ce sujet et il faudra des centaines d'années pour y remédier.

Elle proféra alors un mot inconnu de son père, qui était pourtant un homme cultivé :

— Il ne reste plus qu'à pratiquer l'*aenonisme*.

Qu'avait-elle encore lu dernièrement? Avant qu'il ait eu le temps de le lui demander, les enfants entrèrent en courant.

— Ne pourrions-nous faire une dernière tentative pour voir le rat d'eau, grand-père?

— Oh! Robin, grand-père est fatigué et papa sera là dans une heure.

Avec l'optique personnelle de ses six ans sur le temps, Robin protesta :

— C'est très long, une heure!

Finalement, ils partirent tous les trois, gravirent la colline et traversèrent une prairie en direction du Kingsbrook. Il faisait un temps humide et brumeux. A l'ombre bleuâtre des saules, l'humidité faisait scintiller des gouttes d'eau sur les brins d'herbe. La rivière en crue coulait plus vite.

— Grand-père, porte-moi, dit Ben plus tôt que d'habitude au cours de l'expédition.

Mais au moment où Wexford se baissait pour le soulever, quelque chose frémit sur la rive opposée au bord de la rivière. Une paire d'yeux brillants se mon trèrent à la sortie d'un trou.

— Chut! murmura Wexford, ne bougez pas!

Le rat d'eau émergea lentement. Il ne ressemblait pas du tout à un rat. Il était beaucoup plus beau, plus rond, avec une fourrure soyeuse rappelant celle de la loutre et une tête ronde et alerte. Il s'approcha de l'eau, plongea et se mit à nager vers eux. Quand il eut atteint la berge, il s'arrêta et les regarda, nullcmcnt effrayé, avant de s'enfoncer sous les joncs.

Robin attendit qu'il eut disparu pour sauter de joie :

— Nous avons vu le rat d'eau! Nous avons vu le rat d'eau!

— Ben veut voir Papa. Ben veut rentrer à la maison. Le pauvre Ben a froid aux pieds.

— N'es-tu pas content d'avoir vu le rat d'eau, grand-père?

— Très content, dit Wexford en souhaitant que ses propres désirs fussent aussi faciles à satisfaire.

CHAPITRE XVI

L'absence de Grenville West ne pouvait plus être attribuée au hasard. Il était en fuite et l'était, sans aucun doute, depuis près de trois semaines maintenant. Tout le désignait comme l'assassin de Rhoda Comfrey et le vendredi matin, Wexford dut reconnaître que l'affaire le dépassait. Loin d'espérer dissuader le Chef Constable de mettre sa menace à exécution, il envisagea de faire appel à Scotland Yard et aux ressources d'Interpol. Néanmoins, sa conversation avec le Chef Constable le laissa un peu abattu et la voix dure de Michael Baker au téléphone lui fit comprendre qu'il devait reconnaître son échec.

Baker lui demanda comment il allait, fit une allusion à leur confusion dans l'affaire Farriner et demanda :

— Je suppose que vous ne vous intéressez plus à un type nommé Grenville West, par hasard?

Wexford avait l'impression que les polices du monde entier le recherchait et cependant Baker en parlait comme si l'homme représentait toujours une fausse piste de peu d'intérêt.

— S'il m'intéresse toujours! Pourquoi?

— Eh bien, dans ce cas, venez à Londres. Il serait trop long de vous raconter l'affaire en détail. Pour l'essentiel, nous avons retrouvé la voiture de West dans le garage d'un hôtel, non loin d'ici et West a quitté cet hôtel il y a quinze jours sans régler sa note.

Wexford n'eut pas besoin d'en entendre davantage. Il se souvint à temps d'exprimer sa gratitude et moins d'une heure plus tard, il se retrouva assis en face de Baker dans le poste de police de Kenbourne. Stevens, guéri de sa grippe, ou ayant peut-être surmonté son aversion pour la circulation de Londres l'avait accompagné en voiture avec Loring.

— Je vais vous exposer la situation, dit Baker, ensuite nous irons ensemble à l'hôtel Trieste voir le directeur. Il nous a téléphoné ce matin et j'ai envoyé Clements. West s'est installé là dans la soirée du dimanche sept août et a garé sa voiture, une Citroën rouge, dans un des garages de l'hôtel. Quand il ne s'est pas présenté pour régler sa note le mercredi matin, le directeur, Mr. Hetherington, a appris de la femme de chambre qu'il n'avait pas couché à l'hôtel depuis deux jours.

— N'a-t-il pris aucune mesure?

— Pas encore. Il connaissait West dont il avait l'adresse et il n'avait aucune raison de ne pas lui faire confiance. Il avait laissé une valise avec des vêtements dans sa chambre et sa voiture au garage. Mais, à la fin de la semaine, il téléphona chez West. N'ayant obtenu aucune réponse, il envoya quelqu'un à Elm Grenn. Vous pouvez exposer la suite, sergent, c'est vous qui avez reçu la déposition.

Clements, qui était entré pendant que Baker parlait, salua Wexford de la tête et enchaîna :

— Eh bien, Mr. Hetherington apprit de la barmaid que West était parti pour la France. Cela ne lui plut pas, mais il réfléchit qu'il lui écrirait peut-être pour expliquer son départ précipité.

— Ce qui ne s'est pas produit.

— Non, Monsieur. Hetherington n'a reçu aucune nouvelle et il a commencé à s'inquiéter d'autant plus que la barmaid avait parlé d'un voyage en voiture, ce qui semblait curieux puisque la Citroën était encore à l'hôtel. De plus, West avait laissé la clef de contact de sa voiture dans sa chambre. Hetherington fouilla alors les bagages de West et trouva un carnet d'adresses. Il téléphona à l'éditeur et à l'agent littéraire de West ainsi qu'à Miss Flinters. Tous déclarèrent que West était en France. Alors, finalement, ce matin, il a fait appel à nous.

Ils roulèrent en direction du nord de Kenbourne, tournèrent autour de Montford Circus et le long d'une rue bordée de hautes maisons. Wexford remarqua que Undine Road était à courte distance de la station de métro de Parish Oak et non loin de Princevale Road et du cabinet du Dr Lomond. Naguère, l'hôtel Trieste avait été un hôtel particulier, mais ses balcons, ses tourelles et ses pignons en saillie avaient été masqués par une maçonnerie en briques et ses fenêtres élargies. Mr. Hetherington lui-même paraissait avoir été dépoussiéré, avec ses cheveux blonds, son teint de porcelaine et son costume impeccable.

Il les fit entrer dans son bureau, une pièce luxueuse recouverte d'une moquette blanche et garnie de plantes vertes posées sur des colonnes corinthiennes.

Pas plus Baker que Clements n'étaient des hommes à s'étendre en discours courtois et excuses obséquieuses. A sa manière brusque, Baker déclara :

— Vous allez devoir nous répéter toute l'histoire, Monsieur, nous la prenons très au sérieux.

— Avec plaisir, dit Hetherington avec un sourire qui témoignait de son usage quotidien d'une pâte dentifrice efficace, je suis moi-même fort inquiet au sujet de Mr. West. J'ai la conviction qu'il lui est arrivé quelque chose de grave. Prenez la peine de vous asseoir. Par où dois-je commencer?

— Par le commencement, répondit Wexford avec un grand sérieux.

— Eh bien, tout a commencé le samedi six août. Mr. West a téléphoné pour demander s'il pouvait avoir une chambre pour trois nuits, dimanche, lundi et mardi. Naturellement, cette demande aurait été impossible à satisfaire en août si, précisément, une de nos clientes de Minneapolis qui vient régulièrement tous les ans, n'avait annulé sa réservation en raison... il rencontra le regard sévère de Wexford et enchaîna : ... oui, comme je le disais, je pus répondre favorablement à sa demande et dis à Mr. West qu'il pourrait avoir la chambre de Mrs. Gruber. Il est arrivé à sept heures le dimanche et signa le registre. Je l'ai ici.

Wexford et Baker le regardèrent. Il était signé « Grenville West » et l'adresse d'Elm Grenn était indiquée. Wexford demanda :

— Je suppose qu'il était déjà venu chez vous?

— Oh oui, une fois déjà.

— Mr. Hetherington, n'avez-vous pas été surpris qu'un homme habitant si près de votre hôtel ait désiré s'installer ici?

— Surpris? Certainement pas. Pourquoi l'aurais-je été? Cela ne me regardait pas. Je ne serais pas surpris si un homme demeurant à la porte d'à côté louait une chambre à cet hôtel.

Il referma le registre et le remit en place. Pendant qu'il avait le dos tourné, Clements murmura avec indulgence :

— Cela se produit souvent, Monsieur. Des maris qui ont eu des mots avec leurs femmes ou ont égaré leurs clefs.

Peut-être, pensa Wexford, mais dans ce cas, ils ne retenaient pas leur chambre quinze heures à l'avance. Même si les autres ne trouvaient pas le fait étrange, il pensait qu'il l'était. Il demanda si West avait apporté beaucoup de bagages.

— Une seule valise. Peut-être aussi un sac à main.

Bien qu'Hetherington se fût exprimé sur un ton parfaitement correct, le mot retint l'attention de Wexford qui répéta le mot d'un ton choqué « Un sac à main? » Mais il fronça seulement les sourcils, sans faire de commentaire et Hetherington poursuivit :

— Il demanda s'il pouvait mettre sa voiture au garage. Je lui fis attribuer le box n° 5 qui était vacant et il gara sa voiture lui-même. Il eut une petite hésitation avant d'ajouter : en fait, il y avait là quelque chose de curieux, maintenant que j'y pense. Je lui ai proposé d'envoyer quelqu'un s'occuper de sa voiture, mais il a insisté pour y aller lui-même.

— Quand l'avez-vous vu pour la dernière fois?

— Je ne l'ai pas revu. Il a commandé son petit déjeuner dans sa chambre le lundi matin. Personne ne l'a vu sortir. Je pensais qu'il quitterait sa chambre le mercredi à midi, mais il ne s'est pas présenté pour régler sa note.

Hetherington fit une pause avant de terminer son exposé tel que Wexford l'avait entendu de Clements. Quand il eut terminé, Wexford lui demanda ce qu'était devenu la clef de la chambre de West.

— Dieu seul le sait! Nous insistons pour que nos clients laissent leur clef à la réception quand ils sortent. Nous les avons fait faire très lourdes afin de les décourager mais cela ne sert à rien. Des centaines ont ainsi été perdues. J'ai la valise de Mr. West ici, sans doute désirez-vous en examiner le contenu?

Depuis un moment, Wexford avait remarqué une valise posée sous le bureau d'Hetherington et il se doutait que c'était le bagage que West avait laissé. La valise était en cuir brun, usagé mais de bonne qualité. A l'intérieur, elle portait la griffe de Silk & Whitebeam, Jermyn Street. Baker se pencha pour regarder le contenu. Il y avait un pantalon en lin marron, un pull-over à col roulé jaune, deux slips blancs, des chaussettes marron et des sandales en cuir.

— Ce sont les vêtements qu'il portait lorsqu'il est arrivé, déclara Hetherington.

— Où est son carnet d'adresses? demanda Baker.

— Le voici.

Il y avait peu de noms. Field & Bray, agents Littéraire, l'adresse et le numéro de téléphone personnel de Mrs. Brenda Nunn, quelques autres numéros comprenant l'éditeur de West, le bar de Vivian Polly Flidders, la mairie de Kenbourne, l'électricité de Londres, la Bibliothèque nationale de Londres, la bibliothèque municipale de Kenbourne. Certains noms et adresses en France et le nom de Lilian Crown avec le numéro de téléphone à Kingsmarkham de la tante de Rhoda Comfrey.

— Où est sa voiture? demanda Wexford.

— Toujours dans le boxe n° 5. Je n'ai pas eu les moyens de la sortir.

Je me demande si j'ai les clefs? pensa Wexford.

Ils se rendirent au garage. La Citroën rouge paraissait bien entretenue. Le numéro minéralogique indiquait qu'elle avait trois ans. Les portières étaient fermées à clef ainsi que le coffre.

— Si nous ne trouvons pas de clefs qui aillent, nous la ferons ouvrir, dit Baker. Ce ne devrait pas être long.

Wexford fouilla dans sa pochc et sortit deux clefs marquées du double chevron.

— Essayez celles-ci, dit-il.

Les clefs convenaient.

Il n'y avait rien à l'intérieur de la voiture que des cartes routières d'Europe sous le tableau de bord. Le contenu du coffre fut plus révélateur. Deux valises de cuir brun, plus grosses que celle que West avait laissée dans sa chambre, portaient l'étiquette : « Grenville West, Hôtel Casimir, rue Victor-Hugo, Paris ». Toutes les deux étaient fermées, mais ouvrir une valise est un jeu d'enfant.

— Au diable le mandat, chuchota Wexford à l'oreille de Baker, ne pouvons-nous faire transporter ces valises au poste?

— Certainement, dit Baker et se tournant vers Hetherington, il déclara sur le ton qui l'avait rendu impopulaire tant auprès du public que de ses collègues : Vous nous avez fait perdre du temps et l'argent des contribuables en tardant autant à nous prévenir. Franchement, ne comptez pas être réglé un jour.

Loring conduisit la voiture avec Baker à côté de lui et se faufila au milieu de la circulation tandis que Wexford perdait du temps avec Clements. Quand ils arrivèrent au poste de police, les deux valises avaient été ouvertes et leur contenu était répandu sur le bureau de Baker.

Elles étaient remplies de vêtements dont certains

venaient d'être achetés en prévision des vacances. Dans un étui en cuir se trouvaient un rasoir électrique, un tube de crème brunissante et un aérosol contre les insectes, mais il n'y avait ni brosse à dents, ni pâte dentifrice ni éponge, ni eau de cologne ou lotion après rasage.

— S'il est homosexuel, ce sont là d'étranges omissions, remarqua Wexford. Ne se lave-t-il pas les dents?

— Peut-être en a-t-il de fausses!

— Qu'il nettoie avec la brosse à ongles et le savon de l'hôtel?

Baker avait sorti une grande enveloppe brune.

— Ah! les documents!

Mais il y avait quelque chose d'autre à l'intérieur en dehors des papiers. Baker en tira une clef à laquelle était attaché un morceau de bois portant le nom de l'hôtel Trieste et le numéro de la chambre que West avait occupée une seule nuit.

— Regardez, ajouta Baker, il n'est pas en France : il n'a même pas quitté le pays!

Et il tendit à Wexford un passeport britannique établi au nom de J. Grenville West.

CHAPITRE XVII

Wexford ouvrit le passeport à la première page. Le nom du titulaire était celui de Mr. John Grenville West et sa nationalité celle de citoyen du Royaume Uni et des colonies. Sur la page 2 il était indiqué que la profession de West était romancier, son lieu de naissance Myrin gham dans le Sussex, sa date de naissance le 9 septembre 1940, son lieu de résidence le Royaume Uni, sa taille de cinq pieds et sept pouces et la couleur de ses yeux gris. L'endroit réservé à la signature du titulaire avait été signé « Grenville West ».

La photographie faisant face à ce signalement était une photographie typique de passeport et montrait une sorte de psychopate avec une mèche de cheveux brun tombant sur une paire de lunette à monture sombre. A l'époque où elle avait été prise, West arborait une moustache.

La page 4 indiquait que le passeport avait été délivré cinq ans plus tôt à Londres et sur une demi-douzaine de pages suivantes s'étalaient des oblitérations montrant des entrées et des sorties de France, Belgique, Hollande, Allemagne, Italie, Turquie. Il y avait également un visa pour les États-Unis. Wexford nota que West avait quitté le pays au moins douze fois au cours de ces cinq dernières années.

— Il avait l'intention de partir, dit Baker, pourquoi est-il resté et où est-il?

Wexford ne lui répondit pas. Il se tourna vers Loring.

— Je veux que vous alliez immédiatement et aussi vite que possible au registre des naissances pour contrôler celle de West. Cherchez dans le volume de l'année 1940 à la section du mois de septembre et relevez tous les West. Avez-vous bien compris? Il y en aura beaucoup, mais il est peu probable qu'il y ait plus d'un John Grenville West, né le neuf septembre. Il me faut également les noms de son père et de sa mère.

Loring partit. Baker continua à examiner le contenu de l'enveloppe. Il énuméra : un carnet de chèques, une carte de l'American Express, des chèques de voyage signés West et environ mille francs en billets de banque français.

— Il avait certainement l'intention de revenir chercher cela.

— Bien sûr. Il y a même un appareil photographique. Un Pantax.

Soudain, Wexford regretta de ne pas avoir Burden près de lui. Il avait atteint le stade de l'enquête où, pour s'éclaircir les idées, il avait besoin de Burden et seulement de Burden, afin de discuter, d'échanger quelques mots vifs, sans qu'aucun d'eux en prît ombrage. Baker était un suppléant inadéquat. Wexford se demanda comment il réagirait à des paroles bien senties. Mais il est difficile de résister aux tentations. Choisissant ses mots, escamotant sa personnalité, il exposa à Baker la théorie de Burden.

— Cela n'a aucun rapport avec cette enquête, répondit Baker.

Wexford fut aussitôt ramené des années en arrière, quand lui et l'inspecteur s'étaient rencontrés pour la première fois et quand celui-ci avait employé les mêmes mots.

— Tout repose sur une question de motivation. Oubliez donc les motivations, Reg! Oubliez que West est apparenté à cette femme — par le beau-frère de sa grand-mère! Cela ne veut rien dire!

Comme tous ceux qui se vexaient facilement, Baker ne se gênait pas pour vexer les autres.

— Si je peux me permettre de vous le faire remarquer, vous ne distinguez pas l'arbre de la forêt. Vous auriez fait un excellent romancier. Mais les faits matériels ne vous intéressent pas.

Wexford reçut l'insulte — car il était insultant de s'entendre déclarer que vous réussiriez mieux dans une autre profession que celle qui est la vôtre depuis quarante ans — sans répondre.

— Des faits, Reg, voilà ce qu'il nous faut et le fait principal est que West a disparu le jour où votre Miss Comfrey a été assassinée. J'appelle cela la preuve d'un crime. Il devait revenir à l'hôtel avant de s'embarquer pour la France, mais il s'est passé quelque chose qui l'a effrayé au point de le faire fuir.

— Quoi, par exemple?

— Eh bien, il a pu être vu par quelqu'un à un endroit où il n'aurait pas dû se trouver. C'est évident. Regardez son passeport. West n'est pas né à Londres. Il est de chez vous. Il a très bien pu être reconnu par quelqu'un.

Baker s'exprimait comme si tout le Sussex était une petite bourgade rurale.

— C'est bien là que se trouvent tous ses cousins et sa grand-mère. L'un d'eux a dû le voir, alors il est parti se cacher.

— Sous la protection de l'un d'eux sans doute.

— Possible, dit Baker avec grand sérieux, mais nous pouvons aussi bien arrêter nos spéculations pour aller déjeuner. Nous ne pouvons rien faire de plus pour l'instant, pas plus vous que moi ne pouvons le trouver. Nous allons l'abandonner au Yard. Un point, c'est tout. Et maintenant, si nous allions casser la croûte?

— Verriez-vous un inconvénient à ce que nous allions d'abord voir Vivian à son bar, Michael?

Avec un haussement d'épaules, Baker y consentit. Son expression était celle d'un homme tolérant, qui permet à un fumeur de prendre une dernière cigarette.

Au cours du trajet pour Elm Green, Wexford fut obligé

de garder ses réflexions pour lui. Il semblait évident que West avait retenu une chambre à l'hôtel pour se constituer un alibi, puisqu'il avait signé le registre de son nom. Baker aurait rétorqué que tous les criminels commettent des erreurs. Wexford savait que, bien souvent, il n'en était rien et spécialement dans le cas d'un auteur de livres, salués par la critique pour leur exactitude historique, leur largeur de vue et leur fidélité à leur modèle. Il n'avait pas eu l'intention de tuer Rhoda Comfrey. Ce n'était pas un crime prémédité. A première vue, il avait loué cette chambre pour se constituer un alibi, mais ce ne pouvait être vrai. West s'était installé là dans un autre dessein. Pour une autre raison, il s'était rendu à Kingsmarkham. Comment les clefs de sa voiture étaient-elles tombées en la possession de Rhoda Comfrey? Qui était West? Baker pouvait penser ce qu'il voulait des motivations, mais Wexford savait que la solution finale de toute l'affaire reposait sur la véritable identité de West et sa filiation.

Il était vrai qu'il ne distinguait pas les arbres de la forêt, non qu'il n'eût préféré le contraire. Les arbres ne se fondraient en une forêt que lorsqu'il les aurait tous, individuellement, devant lui, alors seulement, il les ferait fusionner. Il errait dans une forêt chuchotante, des voix s'élevaient de tous côtés, suggérant, plaidant. Ne voyez-vous pas la vérité à présent? Ne pouvez-vous ajouter ce qu'il a dit à ce qu'elle a dit et à ce que je dis?

Wexford se secoua. Il n'était pas dans une forêt chuchotante, mais au croisement d'Elm Green où les arbres avaient été abattus et Baker le dévisageait comme s'il avait lu dans une revue médicale que le fait de regarder fixement devant soi était un symptôme de l'épilepsie.

— Ça va bien, Reg?

— Très bien.

Ils entrèrent dans le bar sombre de Vivian. La jeune métisse était assise sur un haut tabouret, balançant ses longues jambes et bavardant avec trois jeunes gens. Baker avait passé la commande quand Victor Vivian apparut, une bouteille de vin dans chaque main.

— Bonjour, bonjour, bonjour!

Il vint à leur table et s'installa sur la chaise vide. Ce jour-là, il portait un tee-shirt imprimé représentant tous les vignobles de France.

— Qu'est-il donc arrivé à ce vieux Gren? J'ignorais tout jusqu'à ce que Rita m'ait raconté qu'un hôtelier le recherchait.

Baker n'aurait pas répondu à cette question, mais Wexford le fit.

— Mr. West n'est pas allé en France. Il est toujours en Angleterre. Avez-vous idée où il peut être?

Vivian émit un sifflement :

— Détrompez-moi si je m'égare, mais à quoi riment ces questions? C'est sérieux, n'est-ce pas? Je ne suis pas né d'hier!

Au point de vue physique, c'était évident, mais beaucoup moins au niveau intellectuel. Ce n'était pas la première fois que Wexford se demandait comment un homme de l'éducation et de l'intelligence de West avait pu se complaire en cette compagnie? Qu'avait-il vu en Vivian? Et qu'avait-il vu, du reste, en Polly Flinders, laide et pitoyable ou dans la peu engageante Rhoda Comfrey?

— Croyez-vous que ce vieux Gren soit en fuite?

La serveuse posa deux salades de crudité, du pain et deux verres de vin devant eux. Wexford demanda :

— Vous m'avez dit que Mr. West s'était installé ici il y a quatorze ans. D'où venait-il?

— Je l'ignore. Je ne tiens ce bar que depuis cinq ans. Gren habitait là bien avant moi.

— Ne vous a-t-il jamais parlé du passé? De son jeune temps?

Vivian secoua la tête :

— Je ne suis pas de ceux qui forcent les confidences. Gren ne parlait jamais de sa famille. Je crois qu'il a dit un jour qu'il avait perdu ses parents.

— Ne vous a-t-il pas précisé où il était né?

Baker s'impatientait et mangeait ses tomates avec un

air exaspéré en se cantonnant dans un silence hautement désapprobateur. Vivian répondit :

— Les gens ne parlent guère de cela. Rita est née à la Jamaïque. Personnellement, je ne raconte pas mes souvenirs d'enfance aux gens. Ça n'intéresse personne. Gren est peut-être né en France. Cela ne me surprendrait pas. Il se frappa la poitrine en ajoutant : c'est lui qui m'a rapporté cette chemise lors de son dernier voyage. C'est un type attentionné. Je n'aimerais pas qu'il ait des ennuis.

— L'avez-vous vu lorsqu'il est parti le dimanche sept?

— Bien sûr. Il est venu au bar à six heures et demie « Je m'en vais, Vic » a-t-il déclaré. Il n'a rien voulu boire. Il avait une longue route à faire. Sa voiture était garée dans la rue. Je suis sorti pour lui souhaiter bon voyage « Je serai là le quatre septembre » a-t-il dit, et je me souviens avoir pensé que son anniversaire tombait à peu près ce jour-là. J'ai songé que je mettrai une bouteille de champagne au frais pour fêter l'événement.

— Vous rappelez-vous ce qu'il portait?

— Gren n'est pas élégant. Il portait un de ces pull-over à col roulé jaune et un pantalon sombre. Il n'aime pas la fantaisie, comme moi. J'aurais juré qu'il était parti pour la France. Franchement, cette histoire me dépasse. Quand je pense qu'il m'a crié « Je serai à Paris à minuit, Vic! » de sa drôle de voix haut perchée... et voilà que vous me jurez qu'il n'y est pas allé du tout! Ça me donne la chair de poule rien que d'y penser!

Baker ne put en supporter davantage.

— Donnez-nous l'addition, s'il vous plaît.

— Tout de suite. Rita!... Quand il reviendra... si je peux faire quoi que ce soit pour vous aider, comptez sur moi.

De toute évidence, Baker pensait que les représentants de la police du Sussex feraient mieux de retourner à leur quartier général rural. Il avait même regardé l'heure à plusieurs reprises. Wexford se garda de rien manifester et retourna au poste de police. Loring l'y attendait patiemment.

— Alors?

— Je l'ai trouvé, Monsieur, dit Loring en se référant à ses notes. La naissance a été enregistrée à Myringham dans le Comté de Sussex, le neuf septembre 1940, John Grenville West. Le nom de son père est Ronald Grenville West et celui de sa mère, Lilian West, née Crowford.

CHAPITRE XVIII

Le petit John. Un enfant doux et affecteux, comme le sont souvent les mongoliens.

Il entendait encore la voix assourdie de la vieille Mrs. Parker et celle, plus rocailleuse de Lilian Crown : « Il est dans un asile jusqu'à la fin de ses jours. »

— J'ai également consulté le registre au sujet des parents afin de ne pas avoir à y revenir, dit Loring. Les parents de Ronald West étaient John Grenville West et Mary Ann West. La naissance de Ronald a également été enregistrée à Myringham en 1914. La mère, Lilian West, était la fille de William et Agnes Crowford et sa naissance a été enregistrée à Canterbury en 1917. Ronald et Lilian West se sont mariés à Myringham en 1937.

— Êtes-vous sûr qu'il n'y a pas d'autre John Grenville West né le même jour et enregistré à Myringham?

Comment une telle coïncidence aurait-elle été possible?

— Tout à fait sûr, Monsieur, affirma Loring.

— Je sais qui est ce John Grenville West. C'est un handicapé mental et il est dans une institution spécialisée depuis son plus jeune âge.

Wexford ne savait pas à qui il s'adressait. Ni à Baker, ni à Loring et encore moins à Clements. Peut-être se parlait-il à lui-même.

— C'est impossible! déclara-t-il.

— Mais si, Monsieur, insista Loring, qui ne le suivait

pas et qui était seulement anxieux que son efficacité ne fût pas mise en question.

Wexford se détourna et se prit le visage entre les mains. Burden aurait juré cette attitude totalement déplacée ou mélodramatique. Pour Wexford, c'était la seule façon de s'isoler. Des explications fantastiques lui venaient à l'esprit.

Un enfant normal était déclaré anormal afin que sa mère pût se débarrasser de lui pour se remarier. Mais, était-il plausible que cet enfant ait réussi à acquérir une instruction, à se faire adopter, tout en continuant à porter son véritable nom? D'un autre côté, pourquoi Lilian Crown l'aurait-elle caché?

Il sauta sur ses pieds.

— Michael, puis-je me servir de votre téléphone?

— Bien sûr, Reg, il est à votre disposition.

Baker n'avait cessé de s'agiter et de s'impatienter. Wexford savait ce qu'il pensait. C'était comme s'il avait eu, placé devant lui, invisible pour les autres, un manuel de conseils aux policiers ambitieux : Flattez toujours les manies de l'oncle de votre chef, même si vous considérez que le pauvre diable a perdu la tête. L'utilisation du népotisme ne doit jamais être perdue de vue quand il est question de promotion.

La voix de Burden, du fond de sa verte campagne, paraissait saine, pratique et encourageante.

— Mike, pouvez-vous aller à l'hôpital Abbots Palmer? Allez-y, ne téléphonez pas, autrement j'aurais pu le faire moi-même. Ils ont — ou ont eu — un malade du nom de John Grenville West. Essayez de le voir, si c'est possible.

— Entendu, dit Burden, est-il visible? Je veux dire, est-il complètement idiot ou est-il capable de communication?

— S'il est ce qu'il paraît être, il est plus que capable de communication et dans ce cas, vous ne le trouverez pas. Mais de toute façon, je ne vous envoie pas là-bas pour rien. Demandez quand il a été admis dans l'institution, quand il l'a quittée et pourquoi. Recueillez tous les renseignements possibles. Compris? Si vous apprenez qu'il n'est plus là, demandez s'il est possible qu'il ait retrouvé ses facultés et dans quelle mesure. Enfin, allez trouver sa mère. Vous aurez peut-être à la bousculer un peu. N'hésitez pas à le faire. Découvrez si elle savait qu'il était Grenville West, l'écrivain, et pourquoi elle ne nous a rien dit.

— Qui est sa mère?

— Mrs. Lilian Crown, 2, Carlyle Villa, Forest Road.

— Très bien, dit Burden qui ne s'étonnait jamais de rien.

— Je reste ici, car il me faut attendre à Kenbourne le retour de Polly Flinders.

Baker accepta cette dernière déclaration avec philosophie et envoya même chercher du café. Wexford finissait par avoir pitié de lui.

— Merci, Michael, mais je vais faire un tour. Se tournant vers Loring, il ajouta : vous pouvez aller à All-souls Grove vous renseigner sur l'heure approximative du retour de Miss Flinders. Si Miss Patel a pris un jour de congé, je gage que vous ne trouverez pas le temps long.

Il sortit dans le chaud soleil. Les gens marchaient paresseusement et s'arrêtaient au coin des rues. Cela lui paraissait étrange, comme il nous paraît étrange, quand nous sommes dans un état d'exaltation, que le reste de l'humanité n'en soit pas affecté. Il se sentait étourdi, bien que cette impression ne touchât que son esprit et qu'il marchât d'un pas ferme.

En arrivant à la grille du cimetière, il entra dans la grande nécropole. Il longea les allées et s'assit sur une tombe. Par une chaude journée d'été, on ne pouvait trouver la solitude dans un parc ou un jardin, mais on est toujours sûr d'être seul dans un coin de cimetière.

Méthodiquement, il se mit à rassembler les faits. West avait été circonspect sur son passé. Il s'était fait peu d'amis et ceux qu'il fréquentait étaient loin d'être de son niveau intellectuel. Il avait indiqué à son éditeur et à ses lecteurs qu'il était né à Londres. Son passeport indiquait qu'il avait vu le jour dans le Sussex. Sa connaissance de cette région s'expliquait mieux ainsi. Personne ne paraissait rien savoir de sa vie au-delà de quatorze ans plus tôt, quand il était venu s'installer à Elm Green. Ni à ses voisins, ni à ses amis, il ne parlait jamais de ses origines, et quand Charles Grenville West lui avait écrit, il avait dénié aucun lien avec la famille. Pourquoi?

Parce qu'il avait quelque chose à cacher. Rhoda Comfrey était également réservée parce qu'elle devait cacher qu'elle se livrait au chantage. Ajoutez les deux faits et qu'obtenez-vous? Une menace de la part du maître chanteur de révéler quelque chose. Peut-être pas que West était homosexuel. Wexford ne pouvait se convaincre que, de nos jours, cela ait une grande signification, mais ce serait-ce pas plutôt qu'il n'avait jamais fréquenté aucune université, comme sa biographie le prétendait, ni professé, ni été journaliste. En fait il n'avait rien été du tout jusqu'à l'âge de vingt-quatre ans, quand il avait soudain émergé d'une institution d'handicapés mentaux.

Étant sa cousine germaine, Rhoda Comfrey devait le savoir. Le fait n'avait pu lui être caché, comme il l'avait été aux autres. S'était-elle servi de ce renseignement comme d'une dernière arme? La théorie de Burden devenait alors vraisemblable. Quand elle avait cru perdre son cousin au profit de Polly Flinders, avait-elle réagi violemment? West avait-il surpris la conversation qu'elle avait eu avec sa propre mère? Avait-il présumé qu'elle avait l'intention de rencontrer sa mère afin de lui soutirer des détails sur son enfance?

De toute évidence, il y avait là un motif de chantage et le mobile d'un meurtre. West avait loué une chambre d'hôtel uniquement pour faire croire à Vivian et à Polly Flinders qu'il partait. Mais le fait qu'il avait retenu la chambre à son propre nom prouvait qu'il n'avait pas eu l'intention de tuer sa cousine. Il avait probablement eu l'intention d'utiliser certains arguments pour dissuader Rhoda de ses intentions vengeresses.

Mais comment s'y était-il pris? Non pas pour tuer. Depuis le début, il était clair qu'il s'agissait d'un crime non prémédité, perpétré sous le coup de la passion ou de la colère. Comment avait-il réussi à sortir de l'institution où il était enfermé et à accomplir une telle métamorphose? En admettant qu'à l'origine, il ait été injustement placé à l'hôpital Abbots Palmer, comment avait-il surmonté ces terribles difficultés? Durant toute son enfance et une partie de son adolescence, il avait dû rester là, et même s'il n'était pas mentalement attardé, l'environnement dans lequel il avait vécu et l'éducation qu'il avait reçue avaient fatalement provoqué un retard dans son développement intellectuel.

Cependant, à l'âge de vingt-cinq ou vingt-six ans, il avait écrit et publié un livre révélant une connaissance approfondie des drames elisabéthains, de l'histoire et des usages anglais de cette période.

A condition, bien entendu qu'il s'agisse bien de lui.

Ce n'était pas possible, comme Wexford l'avait dit à Loring. Pourtant l'évidence était là. Car enfin, même si John Grenville West n'était pas le véritable nom de l'auteur, même si, par le plus grand des hasards, il s'était inventé un pseudonyme, d'autres aspects de l'affaire ne pouvaient être de simples coïncidences. Bien sûr, le choix de ce nom à la place du sien — qui aurait pu être absurde — pouvait être à l'origine de sa rencontre avec Rhoda Comfrey qui aurait cru, comme Charles West l'avait cru — a une parenté possible. Mais il ne pouvait aussi avoir choisi par hasard le même jour de naissance que son cousin.

Il fallait donc que John Grenville West, le romancier, le francophile, le voyageur, fut aussi John Grenville West, l'enfant attardé que sa mère avait fait enfermer dans un asile à l'âge de six ans. De cet état pitoyable à son actuelle situation, il y avait un monde.

A ce point de sa méditation, Wexford eut l'impression que cette pensée éveillait en lui un souvenir. Il se revoyait dans la chambre de sa fille. Sylvia parlait des hommes et des femmes et disait quelque chose au sujet de la situation des femmes dans le monde. Elle avait ajouté que l'égalité ne pouvait être obtenue qu'en pratiquant... quoi donc?

Déisme? Non, bien sûr que non. Aeolisme? Cela ne signifiait-il pas « poussé par le vent »? De toute façon, ce n'était pas ce mot.

Il essaya de placer une lettre de l'alphabet après l'autre pour suivre la diphtongue et le O et s'arrêta enfin au mot « aeonisme » qui devait avoir un rapport avec « aeons ». Ainsi, elle avait seulement voulu dire que pour obtenir une parfaite égalité des sexes, il fallait attendre la consommation des siècles?

Il se sentit déçu et abandonna parce qu'avec un curieux frissonnement, il avait senti qu'il avait trouvé l'explication. Le mot n'était pas entièrement nouveau pour lui. Il pensait l'avoir déjà entendu bien avant que Sylvia ne l'eût employé et qu'il n'avait pas eu du tout la même signification.

Il se secoua. Il n'irait pas bien loin en cogitant de la sorte. Autant retourner au poste. Il était plus de cinq heures et Burden devait avoir obtenu des résultats. Il sortit du cimetière au moment où l'on fermait les grilles et le gardien lui jeta un regard soupçonneux.

Une fois dans la rue, il repensa à ce mot qu'il ne trouvait pas. Wexford possédait un vaste vocabulaire, car dans sa jeunesse il s'était toujours appliqué à chercher la signification des mots nouveaux. C'était un bon principe et pas seulement réservé aux jeunes.

Il se dirigea vers la bibliothèque où Grenville West avait une carte permanente et où Wexford, lui-même, avait découvert les premiers livres de l'écrivain. En passant, il lança un coup d'œil sur l'étagère. Quatre d'entre eux se trouvaient là, y compris *Singes en enfer* sur la première page duquel figurait le nom de Rhoda Comfrey.

La bibliothèque ne possédait qu'un seul dictionnaire anglais, le *Shorter Oxford* en deux volumes. Wexford prit le premier tome, s'installa à une table et l'ouvrit. « Aeolisme » n'était pas mentionné. Il apprit que « aéolistique » avait bien la signification qu'il avait imaginée et que c'était une invention de Swift. « Aeon » signifiait durée de l'univers, une période de temps incommensurable. « Aeonian » s'y trouvait également, mais pas « aeonisme ».

Sylvia avait-elle inventé le mot? Ou peut-être était-ce un de ces néologismes, né d'une étymologie douteuse, d'un des auteurs du M.L.F.? Non, car il avait la certitude d'avoir déjà rencontré ce mot.

Il remit le lourd volume à sa place et traversa la rue pour se rendre au poste de police.

Quand il entra, Baker téléphonait. Il était si absorbé et son visage reflétait une telle concentration et une telle tendresse que Wexford devina qu'il s'entretenait avec sa femme. Bien que la conversation roulât sur le choix du dîner et l'heure à laquelle il rentrerait, elle parut le mettre d'excellente humeur.

Non, il n'y avait eu aucun appel pour Wexford. Loring n'était pas revenu et lui, Baker, pensait que ce serait une bonne idée d'aller tous les deux boire un verre au *Grand Duc*. A condition, naturellement, que cela ne l'empêche pas de rentrer chez lui à six heures.

— Je préfère rester ici, si vous le permettez, Michael, dit Wexford avec embarras.

— Vous êtes chez vous, Reg. Tenez, voici votre jeune gars.

Loring venait d'entrer.

— Elle est revenue à quatre heures et demie, Monsieur. Je lui ai dit que vous passeriez la voir à six heures et demie.

Wexford ignorait ce qu'il lui dirait. Cela dépendrait de ce que Burden lui aurait appris. Le mot qu'il cherchait le hantait toujours.

— Puis-je me permettre de téléphoner? demanda-t-il à Baker.

— Je vous répète que vous êtes chez vous, Reg, faites tout ce qu'il vous plaira. Je vous laisse. Je suppose que nous nous verrons bientôt.

Wexford composa le numéro de Sylvia. Ce fut Robin qui répondit.

— Papa a emmené Maman à Londres voir tante Sheila au théâtre.

Le Marchand de Venise au National. Elle jouait le rôle de Jessica. Son père avait vu la pièce un mois plus tôt. Une réplique lui revint en mémoire « Mais l'amour est aveugle et les amants ne voient pas les folies qu'ils commettent ». Au petit garçon, il demanda :

— Qui est avec vous? Grany?

— Nous avons une baby-sitter... pour Ben, ajouta-t-il.

— A bientôt, dit Wexford avant de raccrocher.

Clements était toujours là.

— Sergent, par hasard, auriez-vous un dictionnaire ici?

— Oh oui, Monsieur, nous avons des dictionnaires Urdu, Bengali, Hindi. Nous sommes obligés d'en avoir avec tous ces immigrants. Naturellement, nous employons des interprètes, et ils se font un joli mois, mais, même eux, ne connaissent pas tous les mots. Nous avons également des dictionnaires français, italiens et allemands en raison du Marché Commun... Commun est bien le mot!

Wexford se retint de lui envoyer le téléphone à la tête.

— Mais auriez-vous un dictionnaire *anglais?*

Il était persuadé que Clements répondrait que ce n'était pas nécessaire, attendu qu'ils parlaient tous anglais mais, à sa surprise, Clements déclara qu'il y en avait un et qu'il se faisait un plaisir d'aller le lui chercher.

Il n'était pas sorti depuis une minute quand le standard lui passa une communication de Burden.

— Je m'excuse d'avoir été si long. Je ne suis pas aussi blindé que je le croyais. Seigneur! Quel spectacle vous offre ce genre d'établissement! Enfin, pour en venir à John Grenville West, il a quitté Abbots Palmer à l'âge de vingt ans.

— *Quoi!*

— Ne vous énervez pas! Seulement parce que l'on n'avait pas les moyens de s'occuper de lui convenablement. Il n'est pas du tout mongolien quoi qu'ait pu vous raconter Mrs. Parker. Il est né avec de sérieux dommages cérébraux et une jambe plus courte que l'autre. On m'a laissé entendre que cet état est le résultat des tentatives d'avortement de sa mère.

Wexford ne répondit pas, laissant Burden commenter avec colère :

— Ne me dites plus que c'est une erreur d'avoir fait légaliser l'avortement!

Wexford était trop avisé pour lui faire remarquer que jusqu'à présent, c'était lui qui avait été un farouche adversaire de cette loi.

— Où est-il maintenant?

— Dans un asile près de Eatsbourne. J'y suis allé. Depuis dix-huit ans, il mène une vie purement végétative. Je suppose que Mrs. Crown en a trop honte pour l'avouer. Je reviens de chez elle. Elle m'a déclaré que c'était bien triste et elle m'a offert un gin.

CHAPITRE XIX

Pliant sous leurs poids, Clements apporta le volumineux *Oxford Shorter* en un seul volume et le *Webster's International* en deux volumes.

— Il y a un nombre considérable de mots là-dedans, déclara-t-il, je doute que personne les ait ouverts depuis que nous avons eu cette affaire de magie noire, il y a deux ans. Je n'arrivais plus à me souvenir de l'orthographe anglaise du mot « médiaeval ».

C'était une association d'idées qui avait conduit Rhoda Comfrey à donner au Dr Lomond l'adresse du 6, Princevale Road et ce même processus avait ramené l'expression obscure de Sylvia dans l'esprit de Wexford.

— « Mediaeval »? Voulez-vous dire que vous n'étiez pas sûr de la diphtongue? Vous ne saviez pas si cela s'écrivait en anglais « iae » ou « ie »?

— Exactement, Monsieur. Je me demande pourquoi nous ne simplifions pas davantage les mots en anglais, en nous débarrassant des lettres inutiles. Cela ne sert qu'à troubler les enfants. Je me rappelle quand j'avais douze ans...

Wexford ne l'écoutait plus. Clements continuait à parler, mais il ne l'entendait pas.

Des diphtongues... Naturellement! Ce « ae » était une anglicisation du grec « eeta ». Souvent de nos jours la diphtongue était changée en un seul « e », comme dans l'orthographe moderne du mot « mediaeval ». Ainsi le mot qu'il cherchait, le mot de Sylvia était peut-être dans les « e » et non pas dans les « a ». Il feuilleta le volume à la page des « e ». « Eolienne »... « Eosine », teinture rouge...

Peut-être le mot de Sylvia ne comportait-il pas de diphtongue, peut-être ne dérivait-il pas du grec ou du latin, mais venait d'un nom propre ou d'une localité? Cette constatation ne l'aiderait pas si le mot ne figurait pas dans le dictionnaire. L'idée extravagante d'aller rejoindre Sylvia sur le champ et de se faire conduire en taxi au Théâtre National avant le lever du rideau lui traversa l'esprit... mais avant d'en arriver à cette extrémité, il restait encore un autre dictionnaire. Le *Webster International.* Il ne lui demandait pas d'être international, mais seulement compréhensible. La lettre E; Eocène, Eolienne et... le voilà!

— Avez-vous trouvé ce que vous cherchiez? demanda Clements.

Wexford poussa un soupir.

— Oui sergent, j'ai trouvé ce que je cherchais depuis trois semaines!

Ce fut Malina Patel qui leur ouvrit la porte de l'appartement. Était-ce en l'honneur de Loring qu'elle avait revêtu un pantalon de harem et une veste de soie blanche lourdement brodée? Ses cheveux noirs étaient relevés en un chignon compliqué, maintenu par des épingles dorées.

— Polly est dans un état terrible, confia-t-elle, et je ne peux rien pour l'aider. Quand je lui ai appris que vous veniez, j'ai cru qu'elle allait se trouver mal. Je ne savais que faire.

Peut-être auriez-vous pu la réconforter de votre amitié, pensa Wexford, au lieu de passer une heure à vous faire belle. Cependant, il n'avait pas de temps de s'appesantir sur les formes d'hypocrisie consistant à se présenter comme un parangon de vertu et un archétype de beauté au milieu des crises les plus graves.

Utilisant ses beaux yeux — pouvait-elle pleurer à volonté? — elle déclara avec humilité :

— Mais je suppose que ce n'est pas moi que vous désirez voir. Je pense que Polly est en état de vous recevoir. Elle est là. Je lui ai affirmé que tout se passerait bien si elle se contentait de dire la vérité. Je vous en supplie, ne l'effrayez pas!

Déjà la magie opérait sur Loring qui paraissait subjugué. Wexford ne se laissait plus prendre.

— Je préférerais vous effrayer, Miss Patel, et vous vous trompez en pensant que je ne désire pas vous parler. Entrons plutôt ici.

Il ouvrit une porte au hasard. Il se trouva dans une cuisine sombre et mal tenue où régnait une forte odeur d'épices et de moisi comme si un plat de viande au curry avait tourné. L'évier était rempli d'assiettes et de casseroles sales. Elle fit un pas en avant pour dissimuler l'évier, un sourire incertain sur les lèvres.

— Vous donnez facilement des conseils, Miss Patel, les suit-on?

— J'essayai seulement d'être utile, dit-elle de sa voix de petite fille. Je ne lui ai donné que de bons conseils, n'est-ce pas?

— Vous n'avez pas suivi les miens.

— Je ne comprends pas ce que vous voulez dire.

— Il ne faut pas mentir à la police. La définition de la vérité, Miss Patel, est très adéquatement couverte par les mots du serment que l'on prononce à la barre des témoins : Je jure de dire la vérité, toute la vérité et rien que la vérité. Vous avez obéi à la première et à la troisième de ces injonctions, mais pas à la seconde. Vous avez caché un fait capital.

Elle ne vit que le seul point important :

— Je n'aurais pas à paraître à la barre des témoins!

— Oh que si! Vous pouvez en être certaine. Hier matin vous avez reçu un appel téléphonique du directeur de l'hôtel Trieste, n'est-ce pas?

Du bout des lèvres, elle murmura :

— Polly y a répondu.

— Quand Miss Flinders a compris que la voiture de Mr. West avait été retrouvée, vous lui avez dit que la police allait tout découvrir. Lui avez-vous conseillé de nous appeler? Vous êtes-vous souvenue du conseil que je vous avais donné? Non. Vous avez suggéré que la meilleure chose à faire était de nous amener Miss Flinders en prétendant que votre conscience était troublée.

Elle changea de position et heurta la queue d'une casserole qui glissa dans l'évier.

— Quand avez-vous su la vérité, Miss Patel.

Le désir de se justifier la fit réagir. Sa voix perdit de sa grâce et devint vulgaire.

— Quand ai-je su quoi? Que Polly n'était pas allée dans un motel avec un homme marié? Elle ne me l'a avoué qu'hier soir, je le jure. Elle avait pleuré toute la journée. Elle a fini par reconnaître qu'elle ne pouvait fournir l'adresse de cet homme parce qu'il n'existait pas. Cela m'a fait rire parce que Polly n'a jamais eu d'amoureux depuis que je la connais. « As-tu tout inventé », lui ai-je demandé et elle l'a reconnu. Alors, j'ai ajouté « je parie que Grenville ne t'a seulement jamais embrassée! » Elle a pleuré encore plus fort et...

Le visage des deux hommes lui apprit qu'elle était allée trop loin. Elle parut se rappeler l'image qu'elle souhaitait donner d'elle-même et reprit sur un tout autre ton.

— Je savais que vous découvririez la vérité parce que la police y parvient toujours. Je l'ai mise en garde...

— Quand avez-vous su où Miss Flinders avait réellement passé cette nuit-là?

Reprenant son assurance — les hommes ne pouvaient jamais se fâcher avec elle — Malina eut le sourire de quelqu'un qui vient d'avoir une véritable révélation :

— Quelle étrange question! Je ne me la suis jamais posée!

Non, elle n'avait pas pensé à cela. Elle ne songeait qu'à sa petite personne et à faire du charme. Elle ne s'était nullement soucié de placer son amie dans une situation difficile pour « libérer sa conscience » et n'avait pas réfléchi aux conséquences de toutes ces enquêtes. Quel mot inepte et décevant Freud avait inventé, songea Wexford, quand il avait appelé la conscience le *super-ego*.

— Alors, il ne vous est pas venu à l'esprit qu'une jeune fille qui ne sort jamais seule le soir devait avoir une très bonne raison pour s'être absentée la moitié de la nuit? Vous n'avez jamais pensé à cet aspect de la question? Vous avez sans doute oublié aussi que Rhoda Comfrey avait été assassinée cette nuit-là?

Elle le regarda en écarquillant de grands yeux innocents.

— Non, je n'y ai pas pensé. Cela ne pouvait pas nous concerner, moi ou Polly.

Wexford la dévisagea avec sévérité. Elle ne baissa pas les yeux et se mit à tripoter les broderies de sa blouse de soie dont la blancheur mettait en valeur son teint d'orchidée. Finalement, la gravité du policier l'obligea à réfléchir et à utiliser sa raison. Le joli visage un peu niais s'affola et elle poussa un cri perçant.

— Seigneur! s'exclama Loring.

Elle se mit à sangloter bruyamment en secouant la tête, au bord de la crise de nerfs. L'héroïne en satin blanc devenait folle, se dit Wexford sans aucune sympathie.

— Donnez-lui une giffle, dit-il en retournant dans le hall.

A part les sanglots convulsifs venant de la cuisine, on n'entendait pas un bruit dans l'appartement. Wexford pensa que Pauline Flinders devait être sous le coup d'une vive émotion ou se préparait à fuir pour ne pas avoir réagi en entendant les cris poussés par son amie. Il envisagea sans plaisir la tâche qui se trouvait devant lui.

Toutes les portes étant fermées, il frappa à celle qui donnait dans le salon où il l'avait interrogée la première fois. Elle ne répondit pas, mais lui ouvrit la porte en le regardant d'un air désespéré. Tout dans son attitude annonçait la défaite : ses épaules courbées, ses vêtements trop lâches qui tombaient sur elle comme sur un porte-manteau, ses cheveux défaits et ses yeux battus.

Il n'y avait pas de manuscrit sur la table, ni de papier dans la machine à écrire. Aucun livre ou journal ne traînait. Elle était restée assise, attendant… depuis combien d'heures? Paralysée, incapable d'agir.

— Asseyez-vous, Miss Flinders.

Il était pénible d'avoir à la torturer, mais il n'avait pas le choix.

— N'essayez pas de trouver une excuse pour ne pas me révéler le nom de l'homme avec qui vous avez passé la nuit du huit août. Je sais que cet homme n'existe pas.

A ces mots, elle se tendit et lui jeta un regard affolé et il comprit pourquoi. Plein de pitié, il réfléchissait, examinant des faits qu'il venait seulement de découvrir, essayant de rassembler ce qui permettrait à la vérité d'éclater. Mais, même à ce stade, avec seulement une demi-vision de ce qui s'était passé, il savait qu'il ne pouvait essayer de la réconforter.

Elle se laissa tomber sur une chaise, ses cheveux ternes lui couvrant le visage.

— Vous souhaitiez qu'il fût légal dans ce pays de porter une arme pour se protéger. Il est également illégal de porter un poignard, mais il est aisé de s'en procurer un. Depuis combien de temps, Miss Flinders portiez-vous un poignard dans votre sac?

— Presque un an, murmura-t-elle d'une voix sans timbre.

— Je suppose qu'il s'agissait d'un couteau à cran d'arrêt avec une lame qui ne sort qu'en pressant sur le manche. Où est ce couteau?

— Je l'ai jeté dans le canal à Kenbourne Lock.

Jamais auparavant il n'avait autant souhaité pouvoir laisser quelqu'un échapper à un interrogatoire. Il ouvrit la porte et appela Loring. La jeune fille se mordit les lèvres et se redressa. Elle était très pâle.

— Essayons au moins d'être confortablement installé, dit Wexford en lui faisant signe de venir s'asseoir près de lui sur le divan, pendant que Loring prenait la chaise qu'elle venait de quitter.

— Je vais vous raconter une histoire, reprit-il en choisissant ses mots. Je vais vous dire comment cette affaire se présente.

Il y avait une femme de cinquante ans appelé Rhoda Comfrey qui est venue de Kingsmarkham dans le Sussex pour s'installer à Londres où elle a vécu quelques temps grâce aux gains d'un concours de pronostics, une somme qui devait être de l'ordre de dix mille livres.

Quand l'argent commença à manquer, elle y suppléa en se livrant au chantage et en se faisant appeler Mrs. West. Un beau jour, elle rencontra un jeune étranger qui n'avait pas de permis de séjour dans ce pays, mais qui, comme Joseph Conrad avant lui, voulait vivre de sa plume en écrivant en anglais. Rhoda Comfrey lui offrit une identité et une famille, avec un bulletin de naissance. Il allait prendre le nom de quelqu'un qui n'avait pas besoin d'assurances sociales et d'un passeport parce qu'il était interné dans une institution pour handicapés mentaux : son cousin John Grenville West.

Ce secret les lia ensemble durant de nombreuses années. Il lui dédicaça son troisième roman, et il était certain que, sans elle, le livre n'aurait pu être écrit. En tout cas, pas en Angleterre. Était-il Russe? Ou Slave? Quelle que fût son origine, il cherchait un asile et elle lui offrit l'identité d'une personne qui ne pourrait jamais jouir de la sienne et qui se trouvait elle-même dans un asile d'un autre genre.

Qu'obtint-elle en échange? Un homme jeune et agré able pour l'escorter. Il était homosexuel. Naturellement, elle le savait. Tant mieux. Elle-même ne s'intéressait guère aux questions sexuelles. Elle ne désirait pas l'amour d'un homme, mais la compagnie d'un homme avec qui elle put sortir.

Quelle déception pour elle alors quand il engagea une jeune fille pour lui taper ses manuscrits et que cette jeune fille tomba amoureuse de lui!

Polly Flinders ne put retenir un cri de douleur. Wexford fit une pause avant de poursuivre :

— Il n'était pas amoureux de cette jeune fille, mais il prenait de l'âge. Il ne lui aurait pas déplu de se marier, de s'établir — au moins aux yeux du monde et d'ajouter ainsi quelques lignes à sa biographie.

Peut-être ne s'était-il pas rendu compte de ce que cela signifiait pour la femme qui l'avait créé et recevait ses confidences. Ce n'était pas elle, de douze ans son aînée, dont il entendait faire sa femme, mais une jeune fille ayant la moitié de cet âge. Pour empêcher ce mariage, elle menaça de dévoiler sa véritable nationalité, son imposture, ses mœurs dissolues. Il n'eut pas d'autre choix que de la tuer.

Wexford regarda Polly Flinders qui le fixait avec intensité.

— Malheureusement, cela ne s'est pas du tout passé ainsi, n'est-ce pas? dit-il.

CHAPITRE XX

Tandis qu'il parlait, un changement s'était peu à peu opéré en elle. Polly souffrait encore, mais elle n'était plus dévorée par la crainte. Elle avait un état de résignation. Cependant, la dernière phrase de Wexford ramena un air d'appréhension.

— Naturellement, il avait le choix, reprit l'inspecteur-chef, il aurait pu se marier et braver ses menaces. Après tout, ses lecteurs n'auraient pu éprouver que de la sympathie pour un homme qui avait trouvé refuge dans ce pays, même si c'était par un moyen illégal et, après si longtemps, il ne courait plus le risque d'être refoulé. Quant à ses mœurs, qui s'en soucie de nos jours? Du reste, où et comment Rhoda Comfrey aurait-elle divulgué cette histoire? Dans quelque journal à scandale où la plupart des lecteurs de West ne l'auraient pas lue? Dans une chronique mondaine où l'article aurait été rédigé à mots couverts pour éviter tout procès en diffamation? Même si West pensait que toute publicité, n'est pas de la bonne publicité, il avait quand même le choix. Il aurait pu épouser Rhoda Comfrey. Pour lui, le mariage n'était qu'un expédient, non un acte de passion.

Ces paroles ne parurent pas blesser Polly. Les mains jointes sur les genoux, elle semblait suspendue à ses lèvres. On aurait dit qu'elle écoutait ce qu'elle souhaitait entendre, sans avoir cru que ce serait jamais possible. Pourtant, elle était toujours aussi pâle.

— C'est pour cette raison, poursuivit Wexford, que quelqu'un d'autre s'alarma. La jeune fille, qu'il pouvait si facilement se dispenser d'épouser, l'aimait et elle savait que l'autre femme avait plus d'influence sur lui qu'elle n'en avait.

Le cinq août, jour anniversaire de Miss Comfrey, Grenville West offrit à Rhoda un portefeuille de crocodile semblable à celui qu'il avait perdu, prouvant ainsi qu'il tenait à elle. Ce soir-là, ils étaient tous les trois chez l'écrivain : la jeune fille, Grenville West et Rhoda Comfrey. Cette dernière demanda l'autorisation de téléphoner. Dans ce cas, un hôte bien élévé sort de la pièce pour laisser l'invitée seule. Vous avez donc quitté la pièce avec Mr. West, n'est-ce pas, Miss Flinders? en laissant peut-être la porte ouverte.

Elle téléphonait seulement à sa tante pour lui dire qu'elle irait voir son père à l'hôpital de Stowerton le lundi suivant, mais pour vous impressionner, vous et West, elle a feint de s'adresser à un homme. Cela ne vous intéressait pas, mais vous avez été intriguée et vous avez voulu savoir qui elle allait voir. A la campagne, vous pourriez la localiser facilement, alors qu'à Londres cela aurait été impossible.

Dans la soirée du lundi huit août, vous êtes allée à Stowerton et, après vous être renseignée sur l'heures des visites, vous avez fait le guet et vous avez vu Miss Comfrey monter dans l'autobus en compagnie d'une autre femme. Vous les avez surveillées sans vous faire remarquer. Ensuite, vous êtes descendue au même arrêt et vous l'avez suivie dans le sentier. Dans quelle intention? Pas de la tuer, à ce moment-là. Je pense que vous souhaitiez seulement être seule avec elle pour essayer de la dissuader d'intervenir entre vous et Mr. West.

Mais elle s'est moquée de vous. Elle a proféré des paroles dures et cruelles et ne pouvant en supporter davantage, vous l'avez poignardée. Ai-je raison, Miss Flinders?

Loring se tenait tout droit sur sa chaise, s'attendant à un cri, à une dénégation. Polly Flinders hocha seulement la tête. Elle paraissait calme. Elle réfléchit, comme si on lui avait demandé de confirmer une action — même pas répréhensible — qu'elle aurait accomplie des années plus tôt. Puis, elle soupira :

— Oui, c'est vrai. Je l'ai tuée. Je l'ai poignardée. J'ai essuyé le couteau dans les herbes et j'ai pris un autobus, puis le train pour rentrer à la maison. Comme je vous l'ai dit, en revenant j'ai jeté le couteau dans Kenbourne Lock.

Wexford se leva. Tout cela était très facile. Il voyait ce que pensait Loring. Il y avait eu provocation et pas d'intention réelle ou de préméditation. La jeune fille le comprenait aussi et savait qu'elle s'en tirerait avec trois ou quatre ans de prison, aussi mieux valait avouer maintenant et mettre un terme à l'anxiété qui l'avait brisée. C'était un soulagement que de se confesser et de retrouver la paix, sans plus se soucier de Grenville West.

— Pauline Flinders, dit-il avec solennité, je vous accuse du meurtre de Rhoda Agnes Comfrey, commis le huit août dernier. Vous n'êtes pas obligée de répondre à cette accusation, mais je vous préviens que tout ce que vous pourrez dire sera relevé et pourra être retenu contre vous.

— Je n'ai rien à déclarer, dit-elle. Dois-je vous suivre maintenant?

— Il semble que tout se soit passé bien facilement, dit Burden quand Wexford l'appela de chez lui.

— Désiriez-vous un mélodrame, une crise de nerfs?

— Certes, non!... Mais il y avait tant de points étranges dans cette affaire et je suis surpris que tout se résume en la culpabilité de cette fille. En somme, elle a tué Rhoda Comfrey parce que celle-ci se mettait entre elle et West... Je suppose qu'elle l'a *vraiment* tué, elle n'a pas avoué pour couvrir West?

— Oh! non! C'est bien elle la meurtrière, cela ne fait aucun doute. Dans sa déclaration, elle nous a donné les détails les plus précis sur l'heure, le lieu, ce que Rhoda Comfrey portait. Elle a même précisé que le train 924 de Kingmarkham à Victoria avait dix minutes de retard.

Demain, Rittifer fera draguer Kenbourne Lock et nous retrouverons le poignard.

— Alors, West lui-même n'a rien à voir là-dedans?

— Il a tout à y voir au contraire! Sans lui, rien ne serait arrivé. Il était le mobile. Je suis fatigué maintenant, Mike, et j'ai un autre appel à faire. Je vous raconterai le reste demain après l'inculpation officielle.

Le second appel était pour Michael Baker. Une femme avec une voix douce et un léger accent du nord répondit et appela :

— C'est pour toi, chéri.

La voix de Baker se durcit quand il apprit le nom de son correspondant. Il ne dit pas « Savez-vous l'heure qu'il est? » bien qu'il le sousentendît.

Mais quand Wexford lui eut exposé les raisons de son appel, il se ressaisit et assura qu'il avait prévu cette conclusion depuis le début.

— Je savais que vous perdiez votre temps avec tous ces noms et ces dates de naissance, Reg. Je vous l'avez bien dit!

Wexford n'avait jamais entendu quelqu'un proférer ces paroles avec un tel sérieux et s'il ne s'était senti aussi fatigué, il en aurait ri.

— Tout est bien qui finit bien, n'est-ce pas?

— Certainement. Bonsoir, Michael.

Peut-être était-ce parce qu'il oublia d'ajouter un mot sur son éternelle reconnaissance pour l'assistance que lui avait apporté la police de Kenbourne que Baker raccrocha sans rien ajouter.

Dora était couchée et lisait la biographie de Marie-Antoinette. Il s'assit à côté d'elle et retira ses chaussures.

— Alors, c'est enfin terminé, n'est-ce pas?

— Je me suis très mal comporté, murmura-t-il, j'ai bousculé cette pauvre fille, je lui ai débité des mensonges et j'ai accepté les siens pour obtenir sa confession. J'ai un travail affreux à remplir. Elle croit encore qu'elle va s'en tirer.

— Chéri, dit Dora avec douceur, te rends-tu compte que je n'ai pas la moindre idée de quoi tu veux parler?

— Je parle tout seul. Peut-être qu'être marié consiste à parler tout seul pendant que l'autre écoute.

— C'est là une des plus jolies définitions du mariage que j'aie jamais entendue!

Il alla dans la salle de bains et regarda son vilain visage dans la glace. Il vit les poches sous ses yeux fatigués, ses rides et ses poils blancs sur son menton qui le faisaient paraître vieux.

— Je suis le traitre-félon de l'histoire, dit-il à son image, et je suis le seul à le savoir.

Devant le juge, le samedi matin, Pauline Flinders fut inculpée du meurtre de Rhoda Comfrey et condamnée à être emprisonnée jusqu'à son jugement.

Cette formalité accomplie, Wexford s'esquiva en évitant le Chef Constable. N'était-ce pas son jour de repos? Il évita également Burden, feignit de ne pas voir le Dr Crocker et monta dans sa voiture pour filer à Myringham. Ce qu'il avait à faire lui prendrait la journée et ne pouvait être fait que là.

Il traversa le pont de Kingsbrook et passa par la vieille ville pour gagner le centre. Il gara sa voiture au dernier étage d'un vaste parking car, le samedi, Myringham était livré aux badauds qui venaient au marché. Il redescendit en ascenseur pour se rendre dans le bâtiment de l'autre côté de la rue.

La statue, en marbre cette fois, de Edward Edwards, un livre à la main, le regardait vaguement. Wexford s'arrêta pour lire l'inscription gravée sur le socle et se dirigea vers les portes vitrée qui s'ouvrirent d'elles-mêmes pour le laisser entrer.

CHAPITRE XXI

Des années, et peut-être des siècles, avant d'être converti en hôtel, Olive & Dove avait été une auberge où le voyageur n'était pas toujours certain de trouver une chambre, mais où il était à peu près assuré d'avoir un cabinet particulier. Beaucoup de ces salons, donnant dans un couloir, bas de plafond, tapissés de chêne, étaient demeurés en l'état, bien qu'ils n'eussent plus de portes et fussent ouverts à tout venant.

Dans le plus petit d'entre eux, où il n'y avait qu'une table, deux chaises et un tabouret de bois, Burden vint s'asseoir à huit heures le dimache soir pour attendre l'inspecteur-chef qui lui avait lui-même fixé le rendez-vous.

Il attendait avec impatience, en faisant durer sa bière, car s'il avait quitté la pièce pour passer une autre commande, il n'aurait pas été sûr de retrouver sa place. Laisser une veste sur une chaise ne constituait pas une réservation chez Olive durant le week-end. Du reste, il n'avait pas de veste, il faisait trop chaud.

A huit heures dix, alors que son verre était vide jusqu'à la dernière goutte, Wexford entra avec une chope dans chaque main.

— Vous avez de la chance que je vous ai trouvé,

dit-il, c'est un endroit pour des comploteurs ou des amoureux.

— Je pensais que vous souhaiteriez un peu d'intimité.

— Vous avez raison. Je suis Sir Oracle et quand j'ouvre la bouche, le chien se tait!

Burden leva sa chope en déclarant :

— Santé! Le chien va aboyer! Où est West? Pourquoi s'est-il installé dans cet hôtel? et, au fait, qui est-il? Pourquoi ai-je dû passer mon vendredi après-midi à visiter des asiles d'aliénés? Voilà pour commencer. Mais ce n'est pas tout. Je veux savoir aussi pourquoi, de votre propre aveu, vous avez raconté deux histoires complètement fausses à cette pauvre fille et où vous avez passé la journée d'hier?

— Ces histoires n'étaient pas entièrement fausses, protesta Wexford, il y avait des éléments de vérité. Je savais alors qu'elle avait tué Rhoda Comfrey parce que personne d'autre ne pouvait l'avoir fait. Mais je savais aussi que si j'exposais toute la vérité à ce stade, non seulement, je n'aurais pas reçu sa confession, mais vraisemblablement la malheureuse en aurait perdu la raison.

La vérité est qu'elle était amoureuse de Grenville West, qu'elle voulait se faire épouser, qu'elle avait entendu une conversation téléphonique et qu'elle a poignardé Rhoda Comfrey dans la soirée du huit août.

Tout le reste — le mobile, la piste menant à la meurtrière et le caractère des protagonistes — est faux. Disons que j'ai imaginé une version acceptable pour elle. Ce qui est triste, c'est que la vérité finira par éclater et a même déjà été révélé dans le rapport que j'ai rédigé pour Griswold.

J'ai passé la journée d'hier dans la bibliothèque municipale de Myringham où j'ai lu un livre d'Havelock Ellis, une biographie du Chevalier d'Éon et des extraits des vies d'Isabelle Eberhardt, James Miranda Barry et Martha Jane Burke, si ces noms signifient quelque chose pour vous.

— Inutile de prendre cet air protecteur, j'ignore tout de ces gens.

Wexford ne se sentait pas le cœur léger mais, même en ces circonstances, il ne put résister au plaisir de taquiner Burden qui paraissait déjà irrité et blessé.

— Oh! Savez-vous qui était Edward Edwards? Le père des bibliothèques municipales, lit-on sous sa statue. Apparemment il a obtenu un vote du parlement en 1850 et...

— Dieu tout puissant! explosa Burden, ne pouvez-vous en venir à West? Qu'est-ce que cet Edwards à avoir avec West?

— Pas grand-chose. Il se dresse devant les bibliothèques et les livres de West sont à l'intérieur.

— Alors, où est West? Ou bien prétendez-vous qu'il va revenir maintenant quand il aura lu dans les journaux qu'une de ses bonnes amies a été assassinée par l'autre?

— Il ne reviendra pas.

— Et pourquoi cela, je vous prie? Vous ne prétendez pourtant pas qu'il y avait deux personnes impliquées dans l'assassinat de Rhoda Comfrey, West aussi bien que cette fille?

— Non. West est mort. Il n'est pas revenu à l'hôtel Trieste parce qu'il est mort.

— J'ai besoin d'un autre verre, décida Burden. Arrivé sur le seuil de la porte, il se retourna pour lancer d'un ton acerbe : je suppose que Polly Flinders l'a supprimé, lui aussi.

— Oui, dit Wexford, naturellement.

L'établissement était plein de monde et Burden mit plus de cinq minutes à revenir avec les bières.

— Bon sang! dit-il, savez-vous qui est là? Griswold! Il ne m'a pas vu, du moins, je l'espère!

— Alors, faites durer ce verre, je ne veux pas courir le risque de le rencontrer.

Burden reprit sa place, l'œil sur l'ouverture où il n'y avait pas de porte et se pencha en mettant les coudes sur la table :

— Ce n'est pas possible, Monsieur, qu'aurait-elle fait du corps?

Wexford eut un petit sourire pour répondre :

— Le mot « éoniste » signifie-t-il quelque chose pour vous?

— Non, pas plus que le nom de ces gens que vous venez de me lancer à la tête... cependant... attendez, un « aéon » signifie une très longue période, une éternité... un « aéoniste » serait-il un savant qui étudie les variations sur une très longue période?

— Non. Je l'ai cru, moi aussi. Le mot ne s'écrit pas avec un « a ». Havelock Ellis a inventé le mot dans un livre intitulé : *Études psychologistes du sexe éoniste,* publié en 1928. Le mot est tiré du nom du Chevalier Charles d'Éon de Beaumont, qui mourut en Angleterre au début du XIXe siècle, après avoir passé trente-trois ans de sa vie à se faire passer pour une femme.

Rhoda Comfrey s'est fait passer pour un homme pendant vingt ans. Lorsque j'ai reconnu que Pauline Flinders avait assassiné Grenville West, je voulais dire qu'elle l'avait assassiné en tuant Rhoda Comfrey. Grenville West et Rhoda Comfrey n'étaient qu'une seule et même personne.

— C'est impossible, dit Burden, des gens l'auraient su ou au moins soupçonné.

Fasciné par la question, il regardait Wexford et ne remarqua pas l'ombre qui se dressait devant la table. Wexford se tourna en disant.

— Bonsoir, Monsieur.

Aussitôt Burden se leva.

— Asseyez-vous, Mike, je vous en prie dit le Chef Constable, en jetant un œil noir sur Wexford, signifiant qu'il aurait aimé avoir l'occasion de lui dire, à lui aussi, de s'asseoir.

— Puis-je me joindre à vous? ou l'inspecteur-chef cède-t-il à son penchant bien connu pour raconter une histoire avec le minimum de célérité et le maximum de suspense? Je ne voudrais pas vous interrompre avant le dénouement.

D'une voix guindée, Burden répondit :

— Nous en étions précisément au dénouement quand vous êtes entré, Monsieur. Puis-je aller vous chercher un verre?

— Merci, j'en ai un.

Griswold leva la main, que pour une raison inconnue il tenait contre la jambe de son pantalon et montra un très petit verre de sherry.

— Eh bien, moi aussi, j'aimerais entendre ce merveilleux exposé, bien que j'aie eu l'avantage sur vous, Mike, d'en lire une version condensée. J'aimerais réentendre vos dernières paroles. Voulez-vous les répéter, Mike?

— Je disais qu'elle n'aurait pu se cacher. Tous ceux qui la connaissaient l'auraient reconnue.

— Alors, Reg, dit Griswold en s'asseyant sur le tabouret en bois, j'espère que ma présence ne vous embarrasse pas. Voulez-vous poursuivre.

— Certainement, Monsieur. Je pense que la réponse à cette question est qu'elle a pris soin, comme nous l'avons constaté, de ne pas fréquenter des gens très sensibles ou intelligents. Malgré tout, Malina Patel avait remarqué quelque chose de bizarre chez West. Elle a même précisé qu'elle n'aurait pas aimé l'embrasser. Victor Vivian a parlé de « sa drôle de voix haut perchée », alors que Mrs. Crown avait affirmé que Rhoda avait une voix grave. Il est probable que des gens comme Oliver Hampton et Mrs. Nunn savaient, ou plutôt soupçonnaient Grenville West d'être de sexe ambivalent, d'être physiquement hermaphrodite ou peut-être un homosexuel effeminé. Mais pourquoi me l'auraient-ils avoué? Quand je les ai interrogés, je soupçonnais seulement West de connaître Rhoda Comfrey. Ce sont des gens discrets qui ne s'intéressaient à West que professionnellement. Quant aux hommes que Rhoda Comfrey rencontraient dans les bars, elle n'entretenait avec eux que des rapports épisodiques. Ils la considéraient comme un excentrique dans un monde frelaté.

Avant votre arrivée, monsieur, j'ai mentionné trois noms : Isabelle Eberhardt, James Miranda Barry et Martha Jane Burke. Leurs traits communs étaient qu'elles étaient toutes les trois « éonistes ». Isabelle Eberhardt devint « un nomade » dans le désert d'Afrique du Nord où elle prit l'habitude de se faire passer pour un homme. James Barry suivit des cours de médecine; sous un habit de garçon, à une époque où ces études étaient interdites aux filles et servit plus tard comme médecin dans l'armée britannique des colonies. Après sa mort, on s'aperçut qu'elle était une femme et qu'elle avait eu un enfant. La dernière nommée a été plus connue sous le nom de Calamité Jane et vivait avec des hommes, comme un homme. Elle chiquait, nous précise-t-on. On ne découvrit qu'elle était une femme que lors d'une campagne militaire contre les Sioux.

Le Chevalier d'Éon était physiquement un homme normal qui réussit à se faire passer pour une femme pendant plus de trente ans. Durant une grande partie de cette période, il vécut avec une amie, Marie Cole, qui ne se douta jamais de la vérité. Elle le soigna jusqu'à son dernier jour. Je vous citerai sa réaction lorsqu'elle apprit que c'était un homme selon les termes de la déclaration du médecin en 1810 « Il lui fallut plusieurs heures pour se remettre du choc de cette découverte ».

Vous voyez donc que le cas de Rhoda Comfrey avait des précédents et que ces prédécesseurs ont réussi à tromper leur monde. Beaucoup de gens se laissent complètement bernés, d'autres ont des doutes, mais la vérité n'est jamais détectée que lorsque le sujet est blessé ou malade ou encore, comme dans le cas de Rhoda, lorsque la mort frappe.

Le Chef Constable secoua la tête avec étonnement :

— Qu'est-ce qui vous a mis sur la voie, Reg?

— Mes filles. L'une en prétendant qu'une femme devait être « éoniste » pour obtenir des droits d'hommes, l'autre en s'habillant comme un homme pour interpréter un rôle sur la scène. Et puis, certains détails. La lettre de Grenville West adressée a Charles West. J'ai eu l'impression qu'elle avait été écrite par une femme. Les ongles de Rhoda portaient du verni, mais étaient coupés courts. Rhoda Comfrey avait une brosse à dents dans ses bagages à Kingsmarkham et West n'en avait pas dans sa trousse de toilette. Tout cela se résume à des impressions, je le crains, Monsieur.

— C'est très joli, s'écria Burden, mais il y a la question d'âge Rhoda Comfrey avait cinquante ans et West trente-huit.

— Elle avait une excellente raison pour se rajeunir de douze ans. Je vais y revenir dans une minute, mais vous devez vous rappeler qu'elle avait le sentiment d'avoir perdu sa jeunesse et ses plus belles années. C'était une façon de les regagner.

Réfléchissez aussi aux signes extérieurs de jeunesse chez les hommes et les femmes. Les tissus graisseux d'une femme commence à se défraîchir aux environs de cinquante ans, mais un homme en est presque toujours dépourvu. Aussi un homme jeune peut avoir un visage dur, aux traits marqués, spécialement autour des yeux, sans paraître plus âgé qu'il ne l'est. En revanche, l'absence de rides contribue largement à garder un aspect jeune à une femme. Ici, comme ailleurs, nous appliquons des règles différentes pour juger les sexes.

Quel âge avez-vous, Mike? Une quarantaine d'années? Mettez une perruque, maquillez-vous et vous aurez l'air d'une vieille femme, mais coupez les cheveux d'une femme de votre âge, revêtez-la d'un costume d'homme et elle paraîtra trente ans. Ma fille Sheila a vingt-quatre ans. Quand elle endosse le pourpoint et le haut-de-chausse de Jessica dans *Le Marchand de Venise,* elle en paraît seize.

A sa surprise, ce fut le Chef Constable qui lui apporta son support :

— Très juste. Pensez à la maîtresse de Crippen, Ethel de Neve, c'était une femme mûre, et pourtant lorsqu'elle essaya de s'enfuir à travers l'Atlantique déguisé en homme, on la prit pour un jeune garçon.

A propos, Reg, vous pouvez ajouter à votre liste Maria Martin, la victime de l'Auberge Rouge. Elle quitta la maison de son père déguisée en garçon de ferme, bien que le fait de porter des vêtements d'homme pour une femme fût puni par la loi à l'époque.

— Au XVIIe siècle en France, les hommes étaient exécutés pour ce crime, renchérit Wexford.

— Hum, je vois que vous connaissez votre sujet. Terminez votre histoire, s'il vous plaît.

— La nature n'avait pas été clémente pour Rhoda en tant que femme. Elle avait un visage ingrat, un gros nez, une forte ossature et une poitrine plate. Tout cela contribuait à lui donner une allure masculine. Dans sa jeunesse, elle s'était efforcée d'y remédier en portant des toilettes très féminines. Elle copiait sa tante parce qu'elle voyait que celle-ci obtenait de bons résultats. Ce ne fut pas le cas pour la pauvre Rhoda qui en vint à considérer sa féminité comme un grave désavantage. Parce qu'elle était une fille, son père lui avait refusé de poursuivre ses études et la traitait en Cendrillon. Toutes ses misères venaient du fait qu'elle était une femme alors qu'elle ne possédait aucun des avantages de son sexe.

Ma fille Sylvia se plaint que les hommes s'occupent d'elle à cause de ses charmes physiques, sans accorder aucun respect à sa personne. Rhoda ne possédait aucun charme, aussi parce qu'elle était une femme ne recevait-elle ni attention, ni respect.

Sans aucun doute, elle serait chez elle où elle serait devenue une vieille fille aigrie, sans un coup de chance. Elle gagna une importante somme d'argent à un concours de pronostics. J'ignore où elle s'installa à Londres et si elle y vécut en homme ou en femme et je ne pense pas que ce soit important.

Elle se mit à écrire. Commença-t-elle alors à cesser de porter des vêtements qui ne lui convenaient pas pour s'en tenir à des pantalons et des pull-overs? Qui sait? Peut-être qu'ainsi vêtue, on l'a prise à deux ou trois reprises pour un homme et cela lui donna une idée. Ou, plus vraisemblablement, comme Havelock Ellis le prétend, a-t-elle endossé l'habit d'homme parce que cela répondait à un besoin profond de sa nature.

Ce doit être à cette époque qu'elle prit un nom d'homme et ce fut peut-être lorsqu'elle adressa son premier manuscrit à un éditeur. C'était maintenant ou jamais, n'est-ce pas? Si elle devait faire une carrière dans les lettres et devenir une personnalité « publique », il ne devait y avoir aucune ambivalence de sexe.

En posant — ou passant — pour un homme, elle avait tout à gagner. Le respect de ses confrères, la liberté d'aller où elle voulait de se promener la nuit en toute sécurité, de discuter avec des hommes dans des bars sur un pied d'égalité. D'autre part, elle avait peu à perdre. Il lui suffisait d'éviter des amitiés trop intimes.

— Eh bien, dit Burden, je me remets du choc de cette découverte plus rapidement que Marie Cole à qui il a fallu des heures. Mais il me semble qu'elle avait tout de même quelque chose à perdre...

Il adressa un regard gêné dans la direction du Chef Constable et Griswold le coupa :

— Sa vie sexuelle, hein? Que répondre à cela?

— Au début de cette enquête, Crocker a remarqué que certaines personnes étaient peu portées sur la bagatelle. Et si je peux encore me permettre de citer Havelock Ellis, les « Éonistes » sont souvent asexués. Rhoda Comfrey devait avoir décidé une fois pour toute que le jeu en valait la chandelle.

Elle avait pris la peine de se rendre aussi masculine

que possible. Elle s'habillait simplement, n'utilisait pas de parfum et transportait même un rasoir électrique dans ses bagages, bien qu'elle ne l'utilisât probablement pas. Ne pouvant se fabriquer une pomme d'Adam, elle portait des pull-overs à col roulé, et ne pouvant dessiner un M sur son front, elle laissait une mèche de cheveux tomber jusqu'à ses sourcils.

— Que voulez-vous dire par un M sur son front? demanda Burden.

— Regardez dans le miroir.

Les trois hommes se levèrent et confrontèrent leur image dans la grande glace qui ornait le mur.

— Voyez, expliqua Wexford en posant la main sur la ligne de cheveux qui s'éclaircissait.

Les deux autres s'aperçurent qu'effectivement leurs cheveux se dégageaient en deux triangles sur les tempes.

— Tous les hommes ont cela à un degré plus ou moins prononcé, mais pas les femmes. La ligne des cheveux reste ovale chez elles. Rhoda Comfrey surmonta facilement ces petites difficultés. Elle n'était obligée de reprendre l'apparence d'une femme que lors de ses rares visites à son père — et en une autre occasion particulière.

Mais elle savait se remettre en situation et s'habillait comme elle le faisait dans sa jeunesse, en se maquillant outrageusement. Pour ces visites, elle conservait quelques sous-vêtements féminins et une vieille paire de chaussures à talons aiguilles qui m'avait intrigué.

— Ne disiez-vous pas qu'elle s'habillait en femme en d'autres occasions?

— J'ai dit qu'il y en avait une. Elle pouvait leurrer ses amis et connaissance. Ils ne la soumettraient pas à un examen. Il en allait autrement quand elle se rendit chez le Dr Lomond lorsqu'elle se crut atteinte d'appendicite. L'examen le plus superficiel aurait révélé qu'elle n'était pas un homme, aussi s'habilla-t-elle en femme pour aller le consulter et elle lui donna son véritable nom et une adresse qu'elle avait remarquée en se rendant chez lui. D'où la confusion avec Mrs. Farriner.

Mais il y avait autre chose. Elle avait rencontré Polly Flinders et la pauvre fille tomba amoureuse de son grand homme!

CHAPITRE XXII

— Tout indique que Rhoda Comfrey s'est aperçue des sentiments de la jeune fille à son égard, poursuivit Wexford, et que, jusqu'à un certain point, elle les a encouragés. Polly devint sa secrétaire. A l'occasion, elle l'emmenait prendre un verre dans un bar, la ramenait en voiture s'il était tard et lui adressait des cartes postales quand elle partait en voyage. Par ailleurs, jamais Rhoda ne se livra à la moindre manifestation d'affection. Vraisemblablement, elle pensait ainsi être en règle avec la morale.

— Malgré tout, un tel comportement était cruel, dit Burden.

— Il était naturel et, au fond, très humain. Après tout, examinez la situation du point de vue de Rhoda. A vingt-cinq ans, elle n'avait jamais attiré aucun homme. Ne pouvait-elle considérer comme une revanche, à cinquante ans de voir une fille ayant la moitié de son âge tomber amoureuse d'elle? Une pauvre fille obtuse, je vous l'accorde, mais une fille jeune l'aimait. Qui d'autre a vraiment aimé Rhoda? Sa mère, autrefois, Mrs. Parker peut-être. Elle trouvait là un amour d'une nature différente que tout le monde souhaite connaître au moins une fois dans sa vie.

— Très bien, Reg, grogna Griswold avec impatience, revenez-en aux faits. Vous êtes un policier, que diantre!

— En ce qui concerne les faits, nous devons revenir

à un mois plus tôt. Rhoda avait l'intention de partir en vacances, mais son père eut une attaque. Avant de s'embarquer, elle voulut savoir comment il allait. Elle téléphona donc à sa tante pour annoncer sa venue. Le hasard voulut que ce jour-là, Polly Flinders se trouvait chez elle.

Or, si quelqu'un savait que Grenville West s'absentait parfois pour le week-end, c'était bien Polly. Je pense que Rhoda s'amusait à lui offrir ainsi un motif de jalousie. Polly dut se montrer particulièrement agaçante. Peut-être insista-t-elle pour accompagner West en vacances.

Rhoda se vengea en laissant croire à Polly qu'elle téléphonait à une femme et en appelant sa tante « chérie ». Polly crut que West avait une liaison. Elle a probablement posé des questions, mais West lui répondit que cela ne la regardait pas. Alors, au comble de la jalousie la jeune fille décida d'aller à Stowerton le lundi pour voir ce qui se passait.

Burden l'interrompit :

— Mais pourquoi Rhoda... ou West, comme il vous plaira de l'appeler, ne s'est-elle pas rendue à Kingsmarkham le jour même? Elle n'aurait pas eu besoin de retarder son départ ni de retenir une chambre à l'hôtel *Trieste?*

— Réfléchissez un peu. West pouvait-il partir d'Elm Green vêtu en femme, maquillé et portant des talons hauts?

— Évidemment...

— Rhoda Comfrey utilisait un hôtel chaque fois qu'elle devait se livrer à cette transformation. Généralement, elle choisissait des hôtels assez éloignés de sa résidence, mais cette fois, elle s'était décidée trop tard. Elle dut essuyer un certain nombre de refus avant de trouver une chambre libre à l'hôtel *Trieste* où elle s'était déjà rendue à l'occasion de sa visite au Dr Lomond.

Elle s'installa donc à l'hôtel avec sa voiture prête pour ses vacances, en laissant croire à Victor Vivian qu'elle partait directement. Elle ne garda sur elle que les clefs de sa voiture et son portefeuille de crocodile qu'elle plaça dans son sac à main lorsqu'elle quitta l'hôtel le lendemain matin en Rhoda Comfrey.

— N'était-ce pas aussi dangereux que de se montrer à Elm Green?

— Non, car il était facile de se mêler aux autres clients. Une femme d'un certain âge n'attire pas l'attention. Si un employé l'avait rencontrée dans un couloir, elle aurait prétendu qu'elle était une amie de West.

— Cependant, cette histoire de passeport m'intrigue, remarqua le Chef Constable. Elle avait besoin d'un nom et d'une identité d'homme, mais elle aurait pu faire modifier légalement son nom et utiliser un de ces prénoms communs aux deux sexes, comme Leslie ou Cecil.

— Une demande légale implique une certaine publi cité, Monsieur, et il en reste des traces. Il était beaucoup plus simple pour elle de se servir de l'extrait de naissance d'un homme qui n'aurait jamais besoin d'utiliser un passeport, parce qu'il était interné dans un asile d'handicapés mentaux, son cousin John West. Lorsqu'elle était jeune, Rhoda était attachée à l'enfant et j'ai découvert qu'elle lui a laissé tout ce qu'elle possédait, y compris ses droits d'auteur présents et à venir.

— Le pauvre diable ne pourra guère apprécier ce leg, dit Burden, mais qu'est-il arrivé quand Polly rencontra Rhoda le lundi soir?

Sans se soucier de la réaction qu'il allait susciter, Wexford déclara :

— Au début de *Singes en Enfer,* deux vers extraits de la pièce de Beaumont et Fletcher sont placés en exergue :

Nul ne peut nous faire souffrir plus que ceux que nous aimons

Nous plaçons nos vies languissantes entre leurs mains.

Rhoda écrivit ce livre bien avant de rencontrer Polly. Comprit-elle le sens profond de cette citation? C'est possible, après tout.

Peut-être a-t-elle su que Polly avait placé « sa vie languissante » entre ses mains. Et, tout en comprenant qu'elle devait écarter la jeune fille, elle n'a pas voulu lui révéler la vérité car, nous affirma Ellis « les Eonistes sont des êtres cultivés, sensibles et réservés ».

Le lundi soir, Polly se présenta aux grilles de l'hôpital de Stoverton, prête à assister à une scène qui la rendrait malheureuse. Elle s'attendait à voir West avec une femme ou en route pour aller la rejoindre. D'abord, elle ne vit pas West. Elle se joignit à la queue de l'autobus, surveillant une femme d'un certain âge en conversation avec une vieille dame. Il se peut qu'au début, elle ait pris Rhoda pour une parente de West, peut-être même pour sa sœur. Mais il est difficile de changer sa façon de marcher et Rhoda n'avait jamais essayé de déguiser sa voix. Polly monta sur l'impériale de l'autobus avec l'impression que quelque chose d'incroyable se produisait. Elle suivit Rhoda et la rejoignit dans le sentier.

Ce qu'elle constata lors de cette confrontation dut être suffisant pour lui faire perdre temporairement la raison. Rappelez-vous que rien ne l'avait préparée à une telle révélation. Le choc éprouvé par Marie Cole dut être peu de chose comparé à ce qu'elle ressentit. Elle vit devant elle un travesti dans le véritable sens du mot et elle poignarda cette caricature de son amour.

Griswold parut embarrassé :

— Il est regrettable qu'elle n'ait pas compris qu'en réalité c'était pour elle une occasion de se sauver.

— Je pense qu'elle y vit la fin du monde. Plus tard seulement, elle eut le sentiment que tout serait préférable pourvu que l'on ne sût jamais qu'elle avait été amoureuse d'un homme qui n'était pas un homme. C'est pourquoi elle confirma mon histoire.

— Allons, ressaisissez-vous, Reg, dit le Chef Cons table, nous avons l'habitude de vous voir battre en brèche le règlement. La fin justifie les moyens! ajouta-t-il en riant, comme si cet aphorisme était accepté par tous comme une vérité première, au lieu d'avoir suscité des siècles de controverses.

— Prenons un autre verre avant la fermeture.

— Pas pour moi, Monsieur, je vous remercie, dit Wexford. Bonne nuit, Mike.

Il s'éloigna dans la nuit, sans se retourner, laissant son supérieur ruminer des représailles, tandis que son subordonné le suivait des yeux avec affection.